流动的村庄与云朵

欧阳红苇 著

陕西新华出版

太白文艺出版社·西安

图书在版编目（CIP）数据

流动的村庄与云朵 / 欧阳红苇著. -- 西安 : 太白
文艺出版社, 2023.5
ISBN 978-7-5513-2371-0

Ⅰ.①流… Ⅱ.①欧… Ⅲ.①诗集－中国－当代
Ⅳ.①I227

中国国家版本馆CIP数据核字(2023)第049977号

流动的村庄与云朵
LIUDONG DE CUNZHUANG YU YUNDUO

作　　者	欧阳红苇	
责任编辑	蔡晶晶	
策　　划	马泽平	
封面设计	寻　觅	
版式设计	建明文化	
出版发行	太白文艺出版社	
经　　销	新华书店	
印　　刷	玖龙（天津）印刷有限公司	
开　　本	880mm×1230mm　1/32	
字　　数	130千字	
印　　张	11	
版　　次	2023年5月第1版	
印　　次	2023年5月第1次印刷	
书　　号	ISBN 978-7-5513-2371-0	
定　　价	52.00元	

诗歌倾向与精神致富（代序）

——评《流动的村庄与云朵》

范剑鸣

诗人的相遇冥冥中是注定的。与红苇兄相遇，自然是由于诗歌，但又不仅仅是诗歌。那是 2018 年的秋天，我受邀在小城为一个培训班上课，内容是讲讲自己的驻村经历。但我兴之所至，讲起了村庄、山水、风土，简直是模拟梭罗在康科德小镇的讲座。

事实上，我也像梭罗写下《瓦尔登湖》一样，为难忘的乡村岁月整理了一部书稿。学员是来自赣南各个县市的驻村干部。说实话，我并没有给他们传递多少战胜贫困的经验，倒是有将驻村生活美化之嫌。最后我索性以一首现代诗作为收尾，匆匆地朗诵了一遍《在下乡的日子里》。就像随手打出的一个水漂，并不指望能荡起多少朵水花。

没想到，还真激起了一朵水花。

课结束了，我正在收拾电脑，一位学员特意来到讲台前，热情地跟我攀谈起来。他就是红苇，戴一副眼镜，英俊儒雅。他介绍自己也热爱诗歌，也在驻村时写了不少诗歌。意外地遇到同道中人，有一位诗歌的"地下党"前来接头，我自然开心。这么说，他显然是这堂课最忠实的听众。

加上微信之后，红苇的驻村经历以两种形态呈现在我眼前：一种是图片，一种是诗歌。图片中的村庄、云朵、烈日、稻香、握住贫困的手、劳作中起身的人们，往往会同时出现在长长短短的诗行当中。就像中国大地上众多同样以诗人身份出现的驻村干部一样，诗歌与时代在相互致意、相互成全。

村庄、群山、大地，这些古老的元素对于诗歌意味着什么，我自然感同身受，同时也深为警惕。古典的悯农诗、田园诗、山水诗，都不足以注解我们当下所经历的一切。以我个人的经验来看，纪事类的诗歌写作往往是最难的。正如日常的工作难以激发审美，而掏空村庄的人事回归纯粹的山水草树，更容易找到诗性塑造的路径。但往往是这样，在村庄里深度居留，你不可能只关注流云和鸟鸣，悯农诗的传统无比强大，而悯农诗的技艺创新又无比艰难。我一直留意红苇在这方面的探索。

他显然积累了自己的经验。

有时候我会想，带着工作的驻村诗人，会面临双重精神焦虑：一方面是为乡民的生计，一方面是为个人的诗艺。事实上，乡村生活并不全是诗意盎然，贫乏、枯燥、忙碌，可能是日常的底色。置身其间的人，显然要有自我调适的能力、"精神致富"的能力——这也是我受邀上课的原因。显然，红苇兄作为热爱诗歌的人，在这方面也算是有自身的优势，就像当初我多年的驻村时光中那样。

不论他倾向于为生民而歌，还是为内心写作，在时而热闹时而静寂的乡居岁月，诗歌更像是"个人的宠物"，它高贵、自珍，尽管红苇一度把这些诗篇搬到了单位的简报上。而我为红苇兄欣慰的是，他是追求优秀的人，不但是自觉努力的干部，也是自觉努力的诗人。当我读到他发表在中国诗歌网的"每日好诗"，我为红苇兄的精进而高兴。这相当于驻村时我看到熟悉的乡民通过努力摆脱了困窘。接到红苇厚重的书稿《流动的村庄与云朵》，我更是欣慰于书中的果蔬飘香、秋色烂漫。

遵嘱作序期间，我正在阅读吕德安的诗集《傍晚降雨》。我特意留意了"纽约诗钞"部分，我试图从诗歌中读到纽约，读到异国的生存。令我惊讶的是，诗钞里既有异国的生存纪实，也有抛开地域的纯粹抒写。比如《群山的欢乐》，你压根看不出，也不需要看出它跟纽约有什么关系。我认为这正是诗人的常态。地域在扩大诗人的视野，但诗神终究又会超越地域或具体的尘世。为此我注意到红苇的成长，正是迈入了这样的正道。

在红苇的笔下，同样是"春天"这个古老的题材，自然就分成了两种类型：一种针对诗人而存在，一种针对干部而到来。前者是个人的沉思，后者是人间的欣喜。前者说，"仿佛有个人站在春天的山冈前／天空的帷幕缓慢拉开／寂静的大地逐渐五彩斑斓／河里浮动一片片金光"（《春天》）。后者说，"春天来得很早／和广东打工的王大哥一起／回到了村里／／当我见面握住他的手／像握住一把桃树枝／你不知道他什么时候突然笑成一朵桃花"（《春雨》）。读者自然可以慢慢品味，这两者之间会不会有某种关联。

同样处理成两种不同指向的，还有村庄的山野。在《山行》中，红苇在意的是艺术的审美："了解春天／必须以一条山路为捷径／必须与溪流的曲线相吻合／／当我们驱车疾驰／群山逐渐向一边倾斜／一片松林里溅满鸟

啼 / 落日和草木 / 开始描摹它们的余生……"而在《我有山野》中，红苇注意的又是乡民："喜欢一片云 / 以及它覆盖的山坡和秀发 / 有马尾松、榛子树和她脸上的汗珠 / 她抬头看天色 / 眼里的湖蓝 / 会冲刷泥泞的小路……"两种不同的审美，或许是相通的。

在《流动的村庄与云朵》五辑作品中，我注意到红苇与我的共同点，不单是带着诗歌一起去驻村。与我一样，乡村是红苇生命的起点，也是诗歌的起点；也与我一样，我们在诗歌中热衷乡土而又试图走出乡村，关注人间而又反观内心。为此，当我祝贺红苇的诗集问世，其实就是相信了一种缘分：为何一堂正儿八经的培训课，露出了一条"诗歌的尾巴"，从而让我们顺利地在小城接头？为此我不得不相信，诗歌虽然是小众的事业，但写诗的人大可不必悲伤——你抛出的每一个文字，都可能有人稳稳地接住。这种遇合可能隔山隔水，也可能就在眼前。

在人间世，既然我们倾向于诗歌，就可以义无反顾地继续行走在这条"精神致富"的路径上。在下乡的日子里，我们通过乡民和村庄，获得了一个强大的经验：前面会有更好的日子。作为一名诗人，我们相信总能读到好诗，总能写出好诗，就像村庄里那些对生活有更好向往的人。这是送给红苇的祝福，自然也是我们共同的心思。

　　同时，在序文中我将习惯性地呈现"诗歌的尾巴"。我录下吕德安《群山的欢乐》中的诗句，让我和红苇共勉："这无穷尽的山峦有我们的音乐／一棵美丽而静止的树／一块有蓝色裂痕的云／一个燃烧着下坠的天使／它的翅膀将会熔化，滴落在／乱石堆中／／为此／我们会听见夜晚的群峰涌动／黑乎乎一片／白天时又坐落原处／俯首听命／／我们还会听见山顶上的石头在繁殖／散发出星光……"

2022 年 9 月 28 日于瑞金

　　范剑鸣，江西瑞金人，中国作家协会会员。有诗歌、小说、散文、文学评论发表于各种文学期刊及若干年选，获首届方志敏文学奖、井冈山文学奖。

诗歌，或经验的回唱

——评欧阳红苇组诗《我也是群山的一座》

陈罕

正如艾略特在《传统与个人才能》中所言："诗是许多经验的集中，集中后所发生的新东西……这些经验……它们最终不过是结合在某种境界中。"诗歌，与其说是灵感的进发，毋宁说是一种经验的回唱。这种回唱发生在某一特定场域，包括诗人个人的追索，包括读者直观感知的语境，也包括诗歌创作的地理记忆。

欧阳红苇在组诗《我也是群山的一座》中，对诗歌作为经验之回唱的身份进行了优美而富于张力的诠释。他曾用心体验过的种种植物，是诗歌野蛮生长的身体；而记忆中的群山，则是诗歌的生发地，如此辽阔，永存长青。

一、从植物体内看出去

欧阳红苇一组10首诗中，共出现了23种具体的植物，另多次提及"树木""灌木丛"等意象。他对植物的情有独钟，在我看来不是巧合，而是一种在诗人的直觉促使下形成的独特现象。他写诗时所做的，正如普鲁斯特在《追忆似水年华》中所做的一样——静卧于黑暗之中，过去的经验悉数浮现在脑海，最终形成诗意的符号，落在纸上。

> 崆峒山的四月依然芳菲
> 暮晚时分，雾霭若隐若现
> 枫香树、铃木、野樱、野枇杷……
> 都拥有曼妙的年龄
> ——《崆峒山》

芳菲四月，暮色四合，登山的诗人在雾霭隐现中凝视崆峒山的一草一木，在这个时刻，又有什么是不可原宥的，又有什么不是永远年轻、永远热泪盈眶？诗人没有对四种植物进行细致具象的描写，整首诗中却处处透露出植物般垂首静立的谦卑和肃穆。他写林间的虫鸣，这虫鸣似乎也被树叶掩去了聒噪的一半，只剩下动静之间的禅意；他写仙人石的等候，这石头却仿佛沾染了树木与生俱来的神性，只陪诗人一起"闭目倾听崆峒寺稀疏的钟声/万物总是如此关联"。这关联正来自经验之诗，因为经验诗歌"作为对时空已逝部分的追忆和反思，是一种极好的修残补缺、拾遗填憾的生命补偿……不仅有助于生命形态从低级向高级提升，而且能够保证生命上升过程中的连续性和完整性"。随着植物"在风中嬉闹"，随着"溪流一路追赶"，诗人"到达山顶"，移步换景的手法中饱含工巧的心思。而当"时光"将全诗延伸到不可思议的远方，第二人称单数"你"的出现，使得"爱"变得更加私人，诗人却又在下一句"我也是群山的一座"中将这种爱扩散到博大的境界……这种诗歌意境的放缩法，仿佛从植物体内看出去，一切都是那么自如，万物都蕴含在植物叶片上的一滴露水之中。

> 背后是一片山冈。樟子松、马尾松和黑松
> 满腹心事垂手站立，每一棵都不善言语
> 影子落入我的酒壶，倒出来是一片片雪花
> 群山开始冬眠，我的宽袍落满松针
> 　　——《松林》

"樟子松、马尾松和黑松"都"不善言语"，诗人却用身体经验和语言经验将它们满腹的心事表达了出来。松树的"影子落入我的酒壶，倒出来是一片片雪花"，松树的年轮映射到诗人的经验中，沉淀为深刻的岁月之感，却又以易逝雪花的形式呈现，时间的错落给人以"白驹过隙，忽然而已"的恍惚，充分的陌生化手法夹杂着新奇的诗意，可谓精巧。诗人的"宽袍落满松针"，一如诗人的心中落满了植物带来的宁静和禅思，亦是经验之思。第二节"风如火焰一般贴着山坡进入深谷"，在风中，枯草、石头和溪流如同在燃烧自己，燃烧冬季来临前最后一丝生命，它们的心声随风飘散，却被诗人拾起，发出了"这一切与我们无关"的冷静却苍凉的感慨。末节——

只有风仍然呼啸着，穿过人间
只有躬身的松树
如白了发须眉的老者
目睹过离别，经历过悲喜

　　诗人巧妙地将"风"与"松树"这两个贯穿前二节

的线索联系起来，合而为一，最终将一切归结为人间的离别与悲喜，也就是归结为人生的经验。将松树比作"白了发须眉的老者"，使得这种经验更加具有时光沉积的厚重感。"目睹"和"经历"两个动词的对举，双向度地体现了经验的完整性，具有互文的效果。

　　春风袭来，泡桐花尚未盛开
　　木姜子在风中摇曳，那是你伸手
　　从我心里揪出，一句句滚烫的话语
　　山谷深处，时光慢慢隐退
　　你的眼神在暮色里更加清澈
　　　　——《山行》

　　泡桐原是春季开花，诗人写其"尚未盛开"，足见是初春料峭时；此时"你"却"从我心里揪出，一句句滚烫的话语"，在山里微寒的春风中，这些话语是如此炽热，正如一个紧紧的拥抱，正如一次真诚的告白。将风中摇曳的木姜子比作伸出双手的对方，一方面写出了那双手带来的缥缈恍惚之感，另一方面也表现了诗人对植物细致入微的观察与近乎通感的敏锐感受力。这种感受无疑来自对植物、对生活的长期体悟，来自身体和心灵的双重经验。正如诗的最后一节所写，"归来时，山中已无落日／我们紧紧相拥／仿佛重新走了一遍人间"，在山中、在植物间穿行，仿佛穿过了人间疾苦，仿佛重温了所有的个人经验。

"一草一木，都是群山向时光写下的谶语"（《崆峒山》），一草一木，也都是诗人从经验中择取的神秘与宁静。如同诗人希尼在《进入文学的感情》一文中所言："诗是自我对自我的暴露，是文化的自我回归，诗作是具有连续性的因子，带有出土文物的气味和真确感。"如果说欧阳红苇的诗歌具有这种经验诗歌的特质，那么，其气味和真确感首先来自对植物的感知。他写诗，仿佛是从植物的体内看出去，看尽了万物之间的关联，看尽了山野胜景和人间百态。

二、地理写作

自从法国的泰纳在《英国文学史》中提出了种族、环境和时代三要素理论以及在此基础上的文学史叙述模式，文学地理研究便走入了学者的视野。在中国，广义上的文学地理研究包括"南北比较论"等，而在此，我将从狭义上讨论欧阳红苇的诗歌地理。这是一幅诗歌的地图，由诗人的经验铺写而成。

欧阳红苇出生于江西省鄱阳县，却不仅记述了赣州"攀高铺25号"的情状，还描写赣州城郊的崆峒山；不仅描绘"暮色铺开巨大的渔网，把船和小屋拖回岸边"的水乡风光，还刻画"山野也跟着回了家"的田园景象……他的诗歌是跨越山川的，也是凌驾于时空之上的。

喧嚣的城市，高楼鳞次栉比

总有几条古巷与之对望

保持不朽的风骨

总有一阕宋词，扶住老屋

摇晃的身躯

　　——《攀高铺25号》

在攀高铺25号，有古巷独有的宁静，矗立于闹市之中；有不舍昼夜的贡江，将岁月裹挟着流向远方……这里，是诗人内心的秘密花园，是喧嚣都市里最后一方净土的象征。"总有几条古巷与之对望/保持不朽的风骨""一阕宋词，扶住老屋"，这象征着文化的沉积对都市的反叛，也象征着诗歌语言对经验的支撑。老屋的身躯终究是摇晃的，正如诗人的灵魂随着"芫荽和丁香摇摆不定"；然而，诗人笔锋一转，写"每一块青石板在风中／有了归宿"，又重申了"攀高铺25号"对经验、对岁月的庇佑。"在前世，我们彼此相忘／在人间，我们再度重逢"，这是何等的前世今生之感，这是经验与现世的重逢！

　　云雾归隐，大地如倒悬的星空
　　万家灯火沿着村庄的脊背闪烁
　　炊烟从屋顶袅袅燃起
　　不经意暴露了乡愁掩埋的位置
　　　　——《暮晚》

　　乡愁，是诗歌永恒的主题：乡愁曾是一张小小的邮票，是一方矮矮的坟墓；"楚水巴山江雨多，巴人能唱本乡歌"；理想主义，亦是人类对原始社会的乡愁……在欧阳红苇笔下，乡愁却似乎是如此"不经意暴露"的存在，轻描淡写的笔触下，乡愁的轮廓却悄然显现出来——它不就在大地的怀抱中蛰伏，在村庄的万家灯火中闪烁，在袅袅升起的炊烟中飘忽吗？然而，乡愁本身就是一种归宿，诗人在这里找到了内心自洽的逻辑和宁静，当"你靠在我的肩头/这一瞬的暮晚时分/从此有了归宿"，当有人陪伴，有人依偎，故乡就在此处，就在两个人紧贴的心中。

"经验的世界充满变数，不能依赖于过去，必须应对新变化的刺激和挑战，这其中，诗人灵感来源时的一颗初心和原初创造的价值无所不在，尤其珍贵。"在欧阳红苇的诗中，经验和灵感的调和达到了一种高度。正如他所感叹的"我也是群山的一座"，欧阳红苇的每一首诗亦是所有诗歌中和谐却又独特的一部分，是他"从植物体内看出去"的视角中、他"地理写作"的经验里，永远独树一帜的一首。

参考文献

[1] 艾略特.传统与个人才能 [J].卞之琳译.学文，1 卷 1 期，1934 年 5 月.

[2] 蒋林 . 刷新经验：诗歌对往昔的重构与提升 [J].
诗探索，1997(02)：77-84.

[3] 小海 . 新诗话——诗歌经验散论 [J]. 东吴学术，
2013(06)：116-122.

作者单位：首都师范大学

目录

第一辑　我也是群山的一座

第二辑　我有山野

第三辑　故乡的烟火

第四辑　梦境与火焰

第五辑　我们依旧怀有春风

第一辑　我也是群山的一座

途中

需要一段旅途，证明万物并非永恒

需要一场暴雨，终结即将干涸的夏天

树木在飞，我是孤独的远行者

云朵在飞，它们是我失去的伴侣

离开太久了，很多事物都让我留恋

有时是泥土，有时是星辰

有时是你送我离开时

轻轻关门的咿呀声

春天

仿佛有个人站在春天的山冈前
天空的帷幕缓慢拉开
寂静的大地逐渐五彩斑斓
河里浮动一片片金光

风停止了摇摆。灌木丛和菖蒲交织在一起
暮色铺开巨大的渔网，把船和小屋拖回岸边
灯光渐次亮起
一串串鸟鸣，在瞬息，跌落水面

我静静坐成水底的一块石头
一刻不停，接受流水的消磨
我知道，使我沉默的，是我自己
而这些沉默，正是我热爱人世的理由

独钓

湖是孤独的。不知道有没有鱼在等我

垂下钓饵有时是一厢情愿，有时是一种安慰

安慰比湖更孤独的内心。等到风起时

一行雨成了透明的丝线，直垂湖面

一朵朵水花跃出水面，像活蹦乱跳的鱼

我多想钓起一条

把它装入空空的鱼篓

这人世的风雨啊，让我带一些回家

这样我就会越来越习惯

突如其来的离开

我也是群山的一座

崆峒山的四月依然芳菲

暮晚时分，雾霭若隐若现

枫香树、铃木、野樱、野枇杷……

都拥有曼妙的年龄

她们在风中嬉闹

沿着溪流一路追赶

林间，虫鸣喧哗起伏

仿佛告诉我茫茫无边的心思

数只绣眼鸟和柳莺飞向天际

勾勒出群山的轮廓

当我到达山顶时

一块仙人石已等了很久

我们默然无声

闭目倾听崆峒寺稀疏的钟声

万物总是如此关联

一草一木，都是群山

向时光写下的谶语

我确信：如果你爱我

此刻，你会在远方看到

我也是群山的一座

松林

背后是一片山冈。樟子松、马尾松和黑松
满腹心事垂手站立，每一棵都不善言语
影子落入我的酒壶，倒出来是一片片雪花
群山开始冬眠，我的宽袍落满松针

风如火焰一般贴着山坡进入深谷
燃烧枯草，燃烧石头，燃烧溪流
寒冷的冬季即将到来，可这一切
与我们无关

只有风仍然呼啸着，穿过人间
只有躬身的松树
如白了发须眉的老者
目睹过离别，经历过悲喜

山行

了解春天，必须以一条山路为捷径

必须与溪流的曲线相吻合

当我们驱车疾驰，群山逐渐向一边倾斜

一片松林里溅满鸟啼

落日和草木，开始描摹它们的余生

春风袭来，泡桐花尚未盛开

木姜子在风中摇曳，那是你伸手

从我心里揪出，一句句滚烫的话语

山谷深处，时光慢慢隐退

你的眼神在暮色里更加清澈

归来时，山中已无落日

我们紧紧相拥

仿佛重新走了一遍人间

码头

这里行人寥寥，古树安坐一隅

江水远道而来。船舱外

挂满了，蓬松的渔网

和一条条鱼的来生

目光随水波荡漾，一圈圈

如时间在奔跑

浮现，聚拢，消亡

成为生活的常态

此刻，在码头，闲散的老人

我爱着的你，一样被

仁慈的阳光普照

当流水沉默，大桥躬身

当你坐在石阶上远眺

那一刻的静止，如此陌生

又如此熟悉

等到枯叶晃动，落日

退到江水的身后

我们松开枝藤交错的手

开始收藏一生中短暂的欢愉

当我目送你走进那条青石街

你的背影，像麻雀的翅膀

掠过冬天的最后一瞬

流水慢

一条河，时常绕着我的白昼流过

许多世事我已忘记，唯独记得

你转身折花的样子，山苍子从岸边

移植在我的心里。这么久了它仍不曾凋零

那天你远行的时候，时光流逝得多快啊

一朵花，就绚烂了别离

如今，流水越来越慢，三千弱水

取一杯饮，竟如此为难

流水从源头流过故乡需要一年

自我们分开后，思念再无归期

爱，是最慢的动词

读完，我要用尽余生

南市街 46 号

南方的初春，仍是深秋般金黄。我们分别后
小巷深幽。香樟树叶簌簌落下
如同和我，一起走在这飘零的人世

经历了一个寒冬，满树枯黄
逐渐被新鲜的嫩叶淹没
小鸟衔来枝头的信笺

它们一页一页，缓缓被春风翻过
多像那些
我们虚度的时光

那一天，你飞奔到我身边
落叶和你的短发飞扬
夕阳照亮了南市街的黄昏

我知道，我爱过的事物

都将返回来，像你一样地

爱我

桐花开时

三月的南方，雨后的天空被冲洗得嫩绿

云雾托着一座座山峰向后疾驰

山路两旁，大朵的桐花扑面而来

绚烂的纯白和粉红

告诉我，这是失散已久又重逢的春天

树枝上，花色淡雅，花团锦簇

风一吹，仿佛奏响一件明亮的乐器

繁花落在树下，热爱远方的人

尽管历经风雨沧桑

彼此相望，目光依然温柔

多年后，如果看见满山的桐花丛中

有一只蝴蝶在此停留

那一定是我们

共同爱过的那一朵

雨后

香樟树下站满了躲雨的人
雨，送来波澜。逼仄的空间
充满了春天田野的气息

我从小不爱打伞，你知道的
那么多年，我在雨中漫步或者奔跑
只留下一串没有脚印的人生

那一天，你举着一束花，像一只兔子奔向我
我忘记了那个雨后的黄昏
唯记得你淋湿的衣，在竹竿上直晃

暮晚

我们开始与夕阳告别

香樟树，苦楝树，影子一样

紧随身后

群山镀上金边，立地成佛

晚风是遣使，正在为忙碌奔波的人

解下绳索。旷野伸展了躯体

云雾归隐，大地如倒悬的星空

万家灯火沿着村庄的脊背闪烁

炊烟从屋顶袅袅升起

不经意暴露了乡愁掩埋的位置

你靠在我的肩头

这一天的暮晚

从此有了归宿

落叶如发

起风了。黄昏的街道

如同一封信的开头

我捡起一片落叶替代你的名字

这一年的春天

比我的脚步来得更迟

窗外，依旧落叶纷飞

笔直的街道更加空旷和幽深

曼妙的香樟树影

暮色里隐身的花朵

时光的这些附属品

逐渐腐烂，逐渐重生

在辽阔的人世，我两手空空

唯有我们一起度过的光阴

属于自己

譬如：落日，落叶，落发

这些柔软的事物

一次次击中我坚硬的内心

黑夜里，月亮会见证：

一片片死去的叶子

在我的体内复苏，开花

长出满头明亮的白霜

天将晚

昌河依村而过，河水仍然丰盈

芦荻爬满岸边的黄昏。目光落入村庄

高楼覆盖稻田，秋天在炊烟里摇曳

村口多果树，枣树趴在院墙上打量行人

柚子倒映池塘，在水里彼此碰撞

风吹起一圈圈寂静的时光

小学堂红旗招展，孩子们仍在嬉戏

课堂上的读书声，变成了母亲

急切的呼喊

大地吸纳了村庄的白昼

童年，在暮色里发出光芒

桃花江边

小镇多么宁静，一条河温顺地躺在脚下

映照飞来的云朵和步履缓慢的行人

一棵桃树侧身，向庙门倾斜

从一朵蓓蕾开始，桃花还在

为盛大的春天埋下伏笔

一条叫桃花的江，蜿蜒盘旋在大地上

沿途遇见乌桕、苦楝、悬铃木

告诉我浩荡的一生。在江边

我想起很遥远的事

去年，我们并未在此门中重逢

归来时，荒凉的路，已落英缤纷

小镇

古老的小镇，只有江水在奔腾

剩余的，都沉寂于时光

每一块青砖和攀爬的苔藓

目睹过往的喧嚣与落寞

我们一起走过的小路

鸭跖草、婆婆纳、鬼针草

露出毛茸茸的绿，或是星空般的蓝

它们独自生长，折叠安静的灵魂

不在意夕光能否落在身上

在小镇，在春天里

它们以一个世俗的名字

爱着，哭着，幸福着

最缓慢的时光

最缓慢的时光

是怀抱着一本诗集，在古老的归途中

沉浸，睡去

最缓慢的时光

是你在北方以北，我在南方之南

隔着漫长的落日与白雪

最缓慢的时光

是遇见你，爱上你

等到容颜老了，依然怦然心动

最缓慢的时光

是一个人

想念另外一个人

黄昏

你离开后的黄昏，暮云低垂

街道两旁落叶纷飞

复苏的春风

吹绿了城市和街道

香樟树下，落日照耀过

往昔，也照耀过你和我

当街灯依次点亮，落叶在地上闪烁

如每一颗我们遥望过的星星

想起那一刻

落叶与落日，你的侧影

都有坠落之美

送花的人

一个老人骑着三轮车

在车流中穿梭。汗水与白发

在布满绿色的街道如此显眼

车里装满了月季、风铃花、郁金香……

每骑一步，鲜花都会摇曳

芳香覆盖了一路的风尘

四月的天空隐藏着水分

不经意落下的雨

打湿了旁观者艳羡的目光

风突然吹来，车上的花盆有点倾斜

老人转过身，动作温柔地

挽住了颤抖的花枝

看着那些熟悉的拥挤的花朵

我的心也突然颤抖了一下

荡漾

世间万物都会老去

江水也不例外

春风拂过水面

皱纹便堆满额头

江水从上游

一路咆哮而来

怀揣着雪花与月光

裹挟了石头与风沙

这么多年

两岸的树木

枝丫空空

记忆逐渐在衰退

一枚落日掉入水中

平静的水面荡漾开来

又迅速归拢于宁静

作为水，它也难以面对

羞愧的一生

玉兰辞

古巷深处

白玉兰盛开在半空

像一个个灯盏

我们漫步时

灯光正缓慢涌过来

香气弥漫了

轻缓的脚步声

两旁的老屋紧闭双眼

似乎早已睡去

一只猫突然蹿到脚边

惊慌的花朵

从树枝上簌簌落下

一位母亲的呼唤

被窗棂分割成

久远的风声

有月亮和玉兰指引

有门楣和炉火等候

不经意间

我们已从中年返回童年

即使身处幽暗

我们依然会回到喧嚣的街市

即使就此告别

我们依然拥有悲欣的一生

我是凤凰山一颗卑微而幸福的石头

一

我从大唐贞观隐居至今
我的性别和姓氏
连同整座凤凰山，东山与西山
从李世民的御笔落下时从未改变
自盖上太阳的玉玺
我的内心便变得高贵而朴素

这座山的万物都高于我的头顶
我只能仰望白云、雾海、岩石
还有淡薄一切的佛家禅心
即便罗汉峰花香飘来
我也无法躬身相迎

我是如此渴望：跟随地壳

领略山与海的雄伟壮阔

我膜拜故乡的月亮和它照耀的

山脚下不屈的魂灵

向东，鸭绿江岸的灯火映照异域

向南，黄海惊涛骇浪拍击不屈的海岸线

向西，大漠孤烟剑指不移的阳关

向北，草原铁蹄踏破思乡的琴声

向前，盛唐千杯酒难解今日愁

向后，新时代九九归一众人心

二

凤凰山聚仙得道，到此必往紫阳观

观外，昭然道境云中故人来

观内，沐浴熏香天人合为一

道法自然，世人皆为利来

唯有散淡之人，云游到此

乐而忘返

凤凰山以"绝"惊世，挺拔险峻

凤凰山以"爱"存世，心怀感伤

山中，绝壁和海水

彼此凝望却从不来往

而滚动的石头，触水便有了灵性

随风一起歌唱，百转千回

唱有情人终成眷属

唱大江东去世辽阔

如若有人问我

有没有经历爱情的过往

我会想起一位打柴姑娘

她的背影至今还映在我的心上

那是她的一生，我的地老天荒

布谷鸟

布谷谷——布谷谷——
布谷鸟的叫声总是舒缓深情
把每个清晨从黑夜里呼唤出来
从春意盎然越过秋意阑珊
毫不厌倦平淡的人间

每一棵树都迷恋过布谷鸟的声音
它们喜欢聚众旁观
离开故土的人
如何与时光交合怀上乡愁
如何在梦里生根发芽

至今，我也没见过布谷鸟的样子
只知道它的叫声里
躲藏着一个个圆寂的日子
以及我逝去的故乡

小满

雨是夏天的民歌

唱了一夜，江水便鼓噪起来

它们向东一路奔袭

岸再宽，也拦不住

那些为爱奔赴的灵魂

岸边，几株古榕树

已沉默数百年

树下熄灭的香火

接纳了晨钟与暮鼓

世人所求的愿望那么多

榕树只好把身子

往江边挪了挪

龟角尾公园

此刻，我站在这座城市之尾

脚下一只巨龟卧于水中

龟爪将赣江一分为二

白鹭赠给江水

一阕起伏的宋词

第一行写在榕树的枝头

最后一行写在滚烫的心里

当江边的云朵飞来

雨点在盛夏爆裂

忘情的人躲避不及

难免湿了眼眸

等到古浮桥涛声平息

暮色归隐于灯火

八境台依旧巍然耸立

城外，江水在奔涌

城里，众生在归去

嵯峨寺 11 号

当我走进一条曲折的老巷

仿佛在探究一段封存的历史

爬山虎如蝼蚁般

满墙寻觅

陌生或熟识的脚印

窗台里探出几枝三角梅

仍在倾听老人未讲完的故事

曾经有一座嵯峨寺

活过寂寞的一生

如今只剩下一个地名

成为一座寺庙的标本

几声零落的犬吠

催促来访者不宜久留

归来时，巷子深处

一扇扇虚掩的门

依稀传来锅碗瓢盆声

和桂花树银铃般的笑声

古巷

从门楼跨过青石阶，仿佛穿越时空

我们瞬间进入这条古巷

耳边，隐约听到古老的晚风

翻动一本线装书的声音

陈旧的屋檐下

高高挂起的红灯笼

仍旧保持笔直的站姿

用一个仿宋体的姓氏

守护久远的荣光

淋过雨的青石板全身透亮

等待每一个夜归的人

抹去旧痕

当我折身回来

青石板依然匍匐于地

两旁黑黢黢的老屋愈发伟岸

我多想和青石板一样

与大地相互依偎

把卑微的爱

献给人世

攀高铺 25 号

喧嚣的城市，高楼鳞次栉比

总有几条古巷与之对望

保持不朽的风骨

总有一阕宋词，扶住老屋

摇晃的身躯

那一天，我踏入古巷时

油桐花已落满一地

一群吟诵者的醉影

正与斜阳拱手道别

门外，香气弥漫

芫荽和丁香摇摆不定

让每一块青石板在风中

有了归宿

古巷弯下腰身，穿过八境台

多像一条鱼游入贡江

灯火已凉，我走出巷口

一如年少时驻足江边

城外涛声汹涌，城内车马往来

多少年了，布满苔藓的铭砖

在每一个黄昏

传来古老的回音

在前世，我们彼此相忘

在人间，我们再度重逢

云朵里的布道

沿山而行，深秋的峰山依然碧翠

娴静的黄竹和热情的丹桂

像道童一样立于山扉。云雾飘过来

有人吹响了口琴，有人唱起了歌谣

更多的人则忙于制造木柴上的花朵

氤氲从生活的最底层

升上了高空。这美味的念想

让所有来访的人齿间留香

日头正午，万物端坐，或闭目，或拊掌

云朵倾耳，山谷侧身

一个个修辞出自赞誉之口

我仿佛看见，光芒编织的花环

戴在每个人的头顶

时间已穿过云层，风开始飘动

离开时，每个人的眼睛

都装满了清澈的泉水

我想，他们回去后，都会洗净

一路的风尘

五月的天龙山

五月的阳光，像鱼鳞一样落下来

每一片树叶发出银铃般的笑声。山下喧嚣如斯

山顶香雾笼罩。佛把一只脚伸出了屋檐

一座高空玻璃栈桥，走来许多想奔跑的人

急迫、执着，心惧而茫然

云雾停在半空，寺庙高悬

蚂蚁一般的人群用触角对话，唯恐惊醒了

阿婆髻峰沉睡的巨龙，那些险峻或幽深的地方

隐没了海啸一样的心思，只留

岩石上的几颗螺，打量今生

阳光正在裂开，群山开始转身

我沿滑梯急切下山，我要去照顾

山脉，河流，栀子花，云朵

没有我的陪伴

它们是一群孤独的孩子

艺术馆之夜

绣球花开满斜坡

夜色和香气

蛰伏在老屋门前

一台独轮车在角落熟睡

墙壁粗糙的石膏画

与展厅突然涌现的肖像

构建了某种和谐

艺术与光影

真实与虚构

从一幅幅油画中延伸

渐次抵达遥远的河流

我们在寂静中轻谈，沉思

直到脸上的表情模糊不清

直到这个雨夜

传来草木细语

和寂然的脚步声

避雨记

娘子，那一年时光多美好呵

断桥的流水还没白头

你一身素衣，从梦里走来

你的发髻

盘起了那么远的前世

一根根青丝，缠绕我的衷肠

娘子，记得那一天吗

天空突然下起了雨

一把油纸伞

撑开坚实的手臂

为你挡住喧嚣的雨水

为你抹去离别的泪痕

我知道，一株昆仑山的灵芝

救活了我们的来生

如今我们相见

已时隔多年。金山寺的钟声

如此悠扬，一声声

停在我的枕边

娘子，雷峰塔的雪

西湖的水，都不及那一场雨

铭记这么久

至今仍在我的心里

一直下个

不停

礼物

我已厌倦了抒情，比春风更直接地侵入

你还没有到达我身边时

一本诗集从远方呼啸而来

距离保持着身体的温度

看着熟悉而陌生的名字

马蹄声和草原一样，彼此依偎

却互相践踏，我无法歌唱

那只是属于你一个人的独白

阳光带来一把锤子

瞬间砸碎春天的头颅

流出来的诗歌与鲜花

是你馈赠给我最好的礼物

火车窗外的春天

好像已很多年，我没有去过火车站台

看很多的剧情上演

这里的空气总是弥漫着别离

当然，它也意味着从一个旧的地方

去往遥远的地方，尽管有时候感觉如此孤单

火车像一只吐着烟的怪兽

把一个个或艳丽或邋遢的躯体吸入腹内

车厢里堆满欲望，春天在窗外顾影自怜

谁也不知道下一个站台

多少梦想背井离乡，多少目光熄灭又被点燃

而我，只能静静地看着河流山川

速写般在记忆与现实之间闪现

一切绿色的植物死了又重生

如车厢内坐在对面的旅客

撕开一包方便面吃得津津有味

我想他一定是在咀嚼自己酸甜苦辣的人生

广州火车站的雨

列车在大地的胸膛上起伏

一路和天空吐露着心思

暴雨不期而至，像远方的亲人

温暖，喧嚣，却隔着厚厚的玻璃窗

人群一路集聚又各自散开

所有的栖息只为容纳一双奔波的脚

目光或迷茫或焦灼

一个不知何故晕倒在地的年轻人

像一只蚂蚁蜷曲双腿

在惊奇的目光里

被穿制服的人送回老家

我在广播声里遥望窗外

没有人像我一样张望

就像此刻的雨

突然停了也没有人知道

印象西湖

仿佛从天际走来

如烟的西子湖水

遮不住相爱的眼神

衣袂纷飞氤氲而舞

等待与你相逢的一刻

我们隔河相望

如天边的云鹤

只为心中不灭的青春

曾经绽放的花朵

轻轻在雨中

化成泪

让后人的歌声不朽吟唱

那些寂寥的时光

沉静在心里

目光故我

星光闪烁

穿越时空隧道

我们在湖畔重逢

把梦想拥抱入怀

胭脂容颜未改

何曾辜负婉约的夜晚

一切迤逦而去

如一切从未离开

我们在故事里感叹时

不觉间

秋意已泛滥了人间

月夜西湖

不经意间

在摩肩的人群里

走过断桥

月光沉入湖底

那些古典的诗词

纷至沓来

如同秋水迷蒙了夜晚

远处灯光旖旎闪烁

芬芳了久远的故事

留在柳梢的眼眸

早在斜阳草树里

寂寞了岁月

那些或吟或唱的歌赋

清冷了堤岸边的脚步

何日归来时

相伴听寺庙晚钟的悠扬

时光浸透了月色

我在岸边彷徨

不知道今夜

人声鼎沸后

是否还能静听一曲

婉约的宋词

在玉簪温暖过的夜晚

独上兰舟

夜已沉醉

似梦里的花落

醒来时

任岁月染白了秋霜

南湖行记

夏鸟飞过头顶，雪糕落在湖里

船和佳人如约而至，湖水悄然尾随

洗净了装满石头的天空

暮霭浮起斜阳，波光暗涌起伏

水把自己刻在船舷，再有经验的船夫

也无法打捞一把遗落的剑

这么多年，我捆住了一座座青山

又一一为它们松绑

安放在南湖的身边

渔火照亮了林间小路

绿头鸭靠岸歇息，晚风逐一告别星空

恍惚之间，秋天已降临身边

空山遇寺

春日适合远足，并非为了寻找前世
翠绿泛滥远山，庙宇剩下一个屋角

山内皆空，菩萨蹑手蹑脚走过来
唯恐惊醒卧睡的群山

树木身披袈裟，拼命摇晃着
前来参禅的晚风

断断续续的钟声
告诉群山，彼此的回音

云的镇，雾的村

走近五云镇，山麓隐居云中

祥云湖亮出丰盈的身姿

一排排桉树面朝蓝天

用楷体书写滚烫的情书

登上菩提山顶

群山在云朵间出没

村庄在浓雾中隐身

鸡鸣和狗吠逐渐醒来

晴日有春风拂过

山林葳蕤，湖水愈发清澈

村口那些明朗的笑声

堆砌成一座座粮仓

村外的码头

常见忙碌的船舶

袅袅烟雾融入云朵

不经意，湿了乡愁

第二辑　我有山野

芒种

这是我梦里的村庄

六月已长出盛夏的果实

布谷鸟收起了孤独的歌喉

驻村帮扶三年余

日子和我一样波澜不惊

偶有几只飞雀来回打量

日益葱茏的稻田

田野所见之处

比秧苗和蔬菜更溢满绿意的

是脱贫后富足的生活

我已不再陌生瓦房上的落日

甚至，能预见日出而作的农时

当我贴近大地的胸膛

我所期待和热爱的

是多年后我们再次相见时

或赤脚下田，一同栉风沐雨

或喝一碗米酒，佐两颗青梅

如此，忙碌的栽种

将不辜负我们温情的一生

我有山野

喜欢一片云，以及它覆盖的山坡和秀发

有马尾松、榛子树和她脸上的汗珠

她抬头看天色，眼里的湖蓝

会冲刷泥泞的小路

阳光有时会暗下来，暮色

让她握住的弯刀闪着最后一丝金光

趁着无人，月亮会凑过来吻她

和她怀里的一捆稻子

她走进村庄的巷口

灯光还没亮起来

屋后整座山，还有卧床多年的他

看她放下稻子和花巾，山野也跟着回了家

春雨

春天来得很早，和广东打工的王大哥一起
回到了村里。当我见面握住他的手
像握住一根桃树枝
你不知道他什么时候突然笑成一朵桃花

他正在搅拌沙子，等待楼房
粉刷得比隔壁许大婶的脸更白
他说，住在新房子里
听不到机器的轰鸣，一觉可以睡到天亮

只是，春雨喋喋不休
经常干扰了他做工喝酒的兴致
因为，门前一条妖娆的小河
大雨后比他更醉。王大哥只红了脖子
小河红透了全身

明月歌

王大爷抱着一只羊崽，钻出低矮的瓦房

月色和草籽会吹进脖湾

他需要找点活干，消融秋风

唱首客家山歌，能让呜咽的河流一起入眠

他喜欢柔软温暖的触觉

譬如：羔羊的背部和肚皮

羊毛一样洁白的月光

有时摸到了一条乌黑的辫子，醒来是条鞭子

整座山，他豢养了一条瘦狗、四十只肥羊

和一个时胖时瘦的月亮

仲秋时，他把羊关进羊圈，把月亮锁在山顶

桌子上一个芝麻饼，被掰成了两半

一半敬给天上

一半喂给人世

割稻

每当稻子染黄了天边的云朵

阳光开始变得温柔起来

王大姐绾起头发，赤着脚，手提一把镰刀

一会儿挺胸一会儿弯腰

开始了原始的舞蹈

一块平整的稻田不需多久

像小孩刚理完发的头颅，缺了几块

她一次次抱起稻草，送进打谷机

吐出的一粒粒稻谷

是她心里说给远方爱人的

万语千言

丛林

王大姐家住在后山坡，坡上翠竹蔓延

竹林把天空分割成一束束

燥热的阳光。楼房顶上除了干辣椒、萝卜条

还晒满了床单、胸罩和裤衩

风一吹，隐约听到方言版的歌声

院内没人，我喊了一声

王大姐正在外屋洗澡

歌声戛然而止，尾音有些慌乱

隔着一道院墙她说了一句：

呀！我忘拿衣服了

我一愣神间，来不及转过身

她飞速打开门跑上楼顶

像一头麋鹿

钻入丛林

五保公寓

村庄黑得宁静。群山像游动的乌鱼
将白天吸纳的墨全部倾倒大地
远处灯光闪烁，像布满星星的原野
走进五保公寓，王阿姨正在腌制萝卜
她女儿在广东，喜欢腌萝卜煲骨头汤
新鲜的萝卜又白又嫩，咬一口，甜中带辣
如果脱贫后的日子能吃，应该也是这个味道

聋哑的许师傅正津津有味地看电视
欢声笑语和他的沉默保持着距离
这么多年，他们一直试图构建一种和谐
白天与黑夜，劳作与储藏
有规律地支付日子

一排排樟树像马群一样站立休息

我和世界都默然无声，等待被人唤醒
身体里的雪花开始飘落
渐渐弥漫了归来的路

野蔷薇

王大姐家在村西路边，红瓦白墙
屋前一丛丛野蔷薇竞相开放
夫妻年后外出务工，大门总是关闭
留在家里的小女儿
经常像野蔷薇蹲在路边

抚摸她的头，会刺人，她不允许
陌生的月光照进心房
除了流浪的云朵和蚂蚁
她没有能说知心话的朋友
偶尔，下雨的时候
她会拿起小铲子
把掉落的花瓣埋葬

她和野蔷薇对视的时候
她们是彼此的母亲

报晓

贫困户刘师傅夫妇中风多年，行走不便

下午三点洗漱上床，每天雷打不动

他们让黑暗提前了半天来临

为此，日子也提前了半天

他们把斑驳岁月的留白

描绘成另一个世界的色彩

有时，夜还没结束

养的几只鸡就开始报晓

一声一声，催命一样

把魂一个个喊醒

把日子一个个喊出来

变

山坡上的梨花开了几朵

帮扶干部就来了许师傅家几次

三年前，许师傅居住的土坯房

摇摇欲坠，暗无天日

端出的水酒

和他的脸色一样混浊

以前各种表格、帮扶手册、公示卡

需要许师傅签字的地方

他端详许久，任你磨破嘴皮

一概不签

这一天，许师傅把新屋收拾了几遍

顺便把不听话的鸡和狗也收拾了

我们递给他资料袋

他明星一样签好了所有字

端起酒杯，我看到他红红的眼里
与窗外河湾的月亮一起
闪着银光

农村印象：狗

没有星光的天空不属于夜晚

没有犬吠的村庄不属于大地

你若沿着山路走进偏远户

必然蹿出一条狗尾随

如果手中没有武器，你一定像我一样

一路仓皇，比风更快到达山顶

迎面而来，挑着红薯的李大爷

呵斥了挣脱锁链的狼狗

我似乎听到他嘀咕了一句

这狗——日的生活

农村印象：桥

农村的桥大多有些年头

像墙脚晒太阳的老头沉默寡言

每次车子一经过

难免引发桥一阵剧烈的咳嗽

春天，石阶捣衣声浸湿了晨雾

桥便在《诗经》里复活

夏夜桥上人扎堆，风景逐渐迷离

等到秋日暮晚时分，落花流过桥下

淹没多少深情的眼睛

待到冬至时节，浅水如弦

桥面上射出一个个人影

童年到中年经过的岁月

瞬间穿越至今

告别故乡，在我们寻找河流时

如果遇见一座桥

多好

守庙的人

村南有座山神庙，身形苍老
雪随时会吹进虚掩的那扇门
和风一起剧烈咳嗽

王师傅和神像每天一样起居
分享着贫瘠的香火
他们是今生患难的兄弟

异乡人经常看见
他隐入林中月光
洗净第二天的鸟鸣

他替神像守住了许多秘密
到死，他都没透露
如何帮助神灵护佑着大地

乡村敬老院

村口的夕阳像蒸熟的红薯，老人们坐在屋前

看着它一口口被山坡咽下肚子

一排辣椒和两条狗倔强地望着天空

平时，老人们承包了一口池塘的世界

给鱼儿吃草、菜园浇水、西瓜施肥

风一吹，又是一年的光阴

乡村敬老院最近要拆并了

剩下的五个老人要集中到镇里安置

他们离开的时候，那些芥菜和南瓜

一下变成了孤寡老人

春耕谣

春风被蜘蛛网住，一吹，窗户在摇晃
楼上的王大姐心也跟着摇晃

口罩放在怀里，出门才戴起
两只眼睛，像当年出嫁时露出的一样多

山坡和胸前的曲线起伏，眼前的布匹
被她一遍一遍梳理，只是这次

她手里拿的不是梭子
而是一把男人用过的锄头

馈赠

入户走访时，我远远看见

桥下王大姐在洗菜

溪水和小鱼从村后逃下山

游过她佝偻的背影

肥沃的土地，收留了许多野味

嫩绿的蕨菜、破土的竹笋、野荞头……

有了雨水，割完第二天又会活过来

她赠一把蕨菜给我，并告知

配泡椒口感更佳

我顺手摘了一枝野花给她

除了送出春天，我无以为报

曾观音女

曾阿姨家住桥头，门前小溪潺潺

我喜欢去她家，一是去看她

一是为了看桥下的风景

乡村的夏天易旱也易涝

三十年前，这个村庄曾下起暴雨

一夜间淹过河岸的颈脖子

她的老公三十多岁，属英俊后生

为救落水学生

牺牲在家门口的河水里

只是我来了村里半年，无论暴雨再大

从没看见水涨过膝盖

曾阿姨说，不光是这半年

自他走后，这条小河已变成小溪

再也没有发过大水

哦，差点忘了说，她的名字叫观音女

曾婆婆

曾婆婆年过九十，一人独居

每次走进昏暗的房间

烟火的味道直冲肺腑

有时也会引得老屋咳嗽起来

墙壁上写满特殊年代的标语

有时会让我恍惚

听到厅堂里议事的喧嚣

前一阵，曾婆婆生病住院了几天

老屋更显空旷，木门被风吹得红了眼睛

村口有棵歪着脖子的槐花树

总是满腹心事打量

回来后我几次入户看望，她都要送我出门

每次她都会说：你们干部真好

比亲人都亲

我匆匆走出那座老屋

心情和天井落下的阳光一样

说不清是高兴还是悲伤

红印子

王大姐——每次我老远喊她
她会立即放下手中的一切东西
有时是木柴，有时是锄头，有时是
刚升起的炊烟

她喜欢红色，年轻的时候因为爱美
被同学恶作剧抽掉凳子
摔坏了后脑。这只是她反复告诉我
月亮来的时候她翻墙出去的理由
睡不着的时候，吃一个白色小药片
就会一晚上忘掉从前

有一次我翻开她的结婚证
她轻轻地说了一声
这个死鬼，已走了多年

我突然觉得她在扶贫表格上

摁红印子的时候

手是那么美

许大伯

这个村往东，是山
再往东，就是五保户许大伯的家
见他需要事先预约，要么在田间劳作
要么去圩镇买了酒和猪头

许大爷年满七十，身材比后生都好
扛一根原木从五保公寓走过
好似商鞅奖励下的勇夫
五十金轻松可获

熟悉以后闲聊，方得知他
年轻时曾在外地闯荡，年老回了村
我指他的照片说：年轻时你是帅哥一枚
怎么没有成个家？

许大伯挥手道：年少往事不提也罢

脸色看不出任何不悦

只是他声调突然降低

就像怀里抱着一个熟睡的女人

聋哑者

在村里遇见上了年纪的男人

叫一声师傅，好比在赣南叫声老表

五保户许师傅是聋哑人，喜怒不形于色

他默默地接过一切事物

接过岁月给予他的苦和甜

偶尔，当接过赠送的慰问品时

你能清晰地听到他说：谢谢！

——如果奢侈点

你还会握到他布满厚茧和温暖的双手

李大爷的大黑狗

李大爷门前干净简陋，一棵瘦梨树奇迹般

在九月里开放，让日子平添了诗意

他耳背且眼神不好。好在罗大婶腿脚灵便

喜欢外出，五个女儿一家家去

顾不上芭蕉和竹叶争风吃醋

任凭一个个胖南瓜滚满了山坡

李大爷爱养狗，家里的大黑狗每次下崽

就是一大群。狗崽常常是在它熟睡时被抱走

或送人或卖掉，或者成了桌上的美食

每次去李大爷家，我都有点发忧

有时看到大黑狗怒目追过来

我都想仓皇而逃，如同我的中年

不知逃向何方

铁匠

山坡上除了云朵，还有一座红砖房
很远便可以闻到铁的味道
叮当……叮叮当当，寂寞单调的音乐
每天把桃花李子花吵醒

打铁的许师傅，一年四季穿得很少
身板和一把刚出炉的菜刀一样
坚硬而单薄。看他在坊间劳作
身手敏捷，目光坚定
我担心他随时都可以投身
熔炉，炼制出一把锋利的宝剑

许师傅不光打铁，还会养鱼种菜
常开着电瓶车去圩镇
他打的菜刀镰刀柴刀

最后都成了作案工具

每天在厨房或田间制造了

一起起无人能破的悬案

田野

暴雨之后，云朵开始云游四方

村里的谢大叔一早就去看望

怀胎十月的稻子，在他眼里

此时的稻穗风姿迷人，胖瘦正好

握在粗糙的手里弹性十足

今天是逢圩的日子，桥头的曾大姐

扎起花头巾，她要把篮里的瓜果蔬菜

交换成零花钱和一天的粮食

当她经过这片田野时

我听到了一群无聊的青蛙

吹出的口哨声

泥工

在农村，建房是人生大事
村民们每天将日子
反复地拆除与重建
只是为了更好地建造良栖之所

李师傅主要职业：泥工。兼职种地
热衷与桥头洗衣的村姑调侃
他的头发一丝不苟，和手中的吊线一起
屈服于岁月的地心引力

李师傅爱穿夹克和皮鞋，衬衣包裹着手腕
我疑心他一定细心清洗并熨烫过每一件衣裳
他把酸甜苦辣搅拌均匀混入水泥
一块砖一块砖砌成微屈的身板

早起的村民经常看见

他昂首挺胸，手提一把泥刀

像刀客一样走向厮杀的战场

烟雨中

王大姐的村在赣南，潮湿、温暖

桃花多过常住人口，雨多过门前的溪水

十年前的三月，春雨迷蒙如一首宋词的开头

她目送他的身影淡化在烟雨中，矿山是他的结尾

一年前，他回家时从怀里掏出来的

除了皱巴巴的一沓钞票，还有一张矽肺晚期诊断书

他每次向天空呼出的气体，像屋顶烟囱冒出的炊烟

她疯一般把门窗全部打开，也只能眼睁睁看着他

一点点消失在眼前的烟雨中……

反面

走进曾婆婆的新房，阳光富足

被褥够用，油和米在床底有些亮眼

门前绿油油的菜园抵消了九十二岁的暮色

现场看："两不愁三保障"解决到位

笔头算：年收入远超达标线

曾婆婆笑容满面，连夸党的扶贫政策好

问一下还有什么困难，空气顿时有些凝固

她说起前段时间摔了一跤，做不了饭怎么办？

天气转冷，晚上生火取暖困难怎么办？

住院了没人照顾怎么办……

——这些生活的反面

我不敢轻易翻起，也一时找不到答案

澄水谣

经过澄水溪的时候

一个粗糙的男人会瞬间变得温柔

年轻的村姑见多了澄水

容易生出私奔的念头

谢大爷的家在澄水边，靠山而居

山和水被一条路分开

第一次去谢大爷家里

他儿媳正在一边生火一边喂奶

第二次再去的时候

听说她已和别的男人去了广东

冬天我路过谢大爷家，大门紧闭

路边一棵红透的枫树，像一个老人

遥望着暗淡的黄昏

我说的话越来越少

三年前，这一片群山沉默寡言

我以外来人的身份认识了更加沉默的流水

我滔滔不绝地向每一个我遇见的人

说说如何稳定脱贫如何振兴的政策与理想

各种会议，入户走访，新时代讲堂……

如果说的话能用箩筐装起来，一定比种出的

稻谷还要多

有些话，可以造起一栋崭新的保障房

可以搭建好蔬菜大棚和绿油油的脐橙果园

还可以，兑换贫困户一张张幸福的笑脸

过几天，我们工作队即将撤回

我的话越来越少，甚至比群山更加沉默

宽敞明亮的村道旁，一棵棵树上声音嘶哑的蝉

替我说出了一切

老屋：空心房记

一

这片沃土，盛产星空，勤劳，善良

也盛产贫瘠，孤独与苍凉

比起风雨，我更喜欢听到

邻里的交谈，丰收的蛙声

比起楼房，我更喜欢进入土房

看一看犁铧、蓑衣躺下来的模样

二

房屋，住久了会融入时光

一把锁，可以锁住院门

也可以，锁住秋天

在白天，它是闭口不言的长者

在黑夜，它是打工者和诗人

梦里永远的故乡

三

新旧总会交替，再深爱一个人

也有别离

老屋一旦空了心，势必会在机器前倒下

活着，它竖起一座族人的丰碑

死去，它写下重生的未来

六月，即将告别的村庄

雨不再缠绵，天空渐渐长成绿色

云雾散尽，正是农活好时候

李大叔把田犁了一遍又一遍

问他打算种什么，他沉默了许久说

只是不想看到田地荒芜

风细细地吹，池塘有了白发和皱纹

熟悉的花生、大豆和禾苗

一天天让人陌生。最慵懒的是

墙脚打盹的母鸡和芋荷，它们埋下头

沉迷于这一片土地释放的温存

我走过新修的水泥路和桥梁，用目光歌颂

遇到的每个人。想到有一天我要和他们告别

溪里的石头隐约在抽动作响

回村的时候，流水漫过我的脚踝

多像一双双我紧紧握过的手

入村记

沿河而上，途经茅店镇竹芫、杨涧、大龙村
每一次车子拐弯，都有溪头忽现的古意
两旁茂盛的青竹、高大的樟树和成片的
木薯、黄瓜藤、猕猴桃园，沁人心脾的空气
挤进车窗。原本窘迫的呼吸，得以解脱

热情纯朴的村民引导我们穿越
一湾湾的水和人家。忽远忽近的炊烟
饱含富足的日子。等我们到达时
古老的榨油厂停止了咿呀声
我们都知道，更芳香的时光已驻留在心里

返回县城时，车子不需要导航
人生多少的旅途，出发了就不想回头

九月的黄昏

走近这个村庄，重新翻开相册

流水、桥梁和一棵绽放青春的梨树

在一双双握住的手心里滚烫

熟悉的时光撞击我的目光

晚风吹过路口，对于每一个忙碌的人

我都来不及问候，或者告别

王大姐人去楼空，手机铃声在二楼房间里

响个不停。罗阿姨、曾婆婆在菜园里

弯曲的背影支撑着快要散架的篱笆

这一刻，我想起遥远的故乡

不同年龄段的母亲，在黄昏里朝我挥手

对面山头埋葬着去年离开的贫困户

墓碑，像空洞的眼神俯瞰田野

瞬间的孤独，迅疾地被风收割

我知道，九月悄悄来临，默然不语

对于，一个叫未来的词语

其实已经成为过去

夜读《楚歌》

白天有多喧嚣，村庄的夜就有多宁静
驻村扶贫，必须适应黑夜的心跳

这时候，最适合读一本诗集
像《楚歌》一样忧伤、温暖、苍凉

熟悉《楚歌》，熟悉刘年。他是小烟的知己
也是我的兄长。虽然，我们未曾谋面

他写的诗是给小烟和众生看的
我写的诗是给另一个我看的

听说，书里住着一个妩媚的狐仙
我读诗的时候，她会从纸里溜出来陪我

第三辑　故乡的烟火

故乡的酒歌

夜色逐渐阑珊，一寸寸

融入炊烟。当我回到故乡

门外鼓乐响起，乡音隐约

丰收的故事在歌咏

大地的心跳如此清晰

想起多年前，禾苗孕穗的时节

荒草在风中舞蹈

父亲洒下一杯浊酒

唱一曲高亢的饶河调

苍凉的土地有了血色

父亲离去后，依旧每年为我

捎来秋天的信笺

我时常在旷野里

站成一把胡琴，任风徐徐弹奏

不息的琴音

枇杷与云朵

家中小院，祖母栽种的一棵枇杷树
叶子盖过井边，饱满的初夏在水面闪烁
贫瘠之地，常出绝世美人
枇杷，在角落里日益水灵

祖母摘下几颗枇杷，洗净后用围裙擦干
仰望天空，满头银色的白云
落满疼爱。少年身子骨弱的岁月
因为有果实和叶子喂养，才能远走他乡

回到老屋，枇杷树已亭亭如盖
祖母在相片里越发慈祥
我轻轻擦拭陈旧的词语
采一盘云朵，供奉着一盏夕阳

故乡的烟火

秋风吹来的时候

荻花开满了屋后的山坡

桐子结成了果实往下坠落

打散了池塘里的云朵

蜻蜓正在与荷花忧郁地对话

我只想着今晚

要不要在窗台等待

如约而至的歌声

云雀用一把好嗓子

征服了燥热的夏天

那些忽高忽低的稻菽地里

躲藏着我们辛勤收割的从前

而我，总是喜欢在这样寂寞的原野

想念故乡承载的烟火

像祖母轻摇的蒲扇吹过的晚风

不经意已越过我

陈旧的梦中

冰花

一旦寒冬来临，夜晚积蓄的水开始在

松树尖、窗台和母亲的手套上凝固

她化身天使，把一根根羽毛粘在眼眸

留下稚嫩的脚印

如果适应不了居心叵测的阳光

便只能在娇艳中告别人间

如邻家女孩，悄悄离开的时候

一定充满了不舍和爱怜

看到她的时候，只要欣赏

并发出惊奇的叫声，回报以纯洁的眼神

如果奢侈一点

那就唱一首鲁冰花的歌谣

送给寒风里洗衣服的母亲

——尽管她们毫不相干

鄱阳湖草原

这片神奇的土地如今平坦如腹

湖水已交出月光隐退江湖

除了高大的堤坝，你看不出

雨季来临时

曾经望穿的秋水有多深

想起候鸟羽翼划过的天空

想起曾经的沧海

那些一句句吐出的誓言

终究湮没荒草之间

越是寂寞处，越会想起

似锦的繁华

来年春天，回忆总会沉入湖底

绿草会变成水藻

当你划舟经过我的身旁

请轻拂浩渺的烟波

要么，撒下渔网里的欢歌

无论丰腴或是清瘦

我都深深为你痴迷

拾柴的母亲

春山寂寂

诸多生灵躲在林中沉默

布谷鸟哑着嗓子咕咕地唱歌

夕阳下，只有母亲

背着柴篓走在崎岖的山路上

当她途经父亲的墓地时

缓缓停了下来

她俯下身，喃喃自语

轻轻拂去墓碑上的落叶

夕光笼罩在她的脸上

散发出金色的光芒

暮色渐浓

她重新背好柴篓

抱起一捆枯枝

就像抱着一把木琴

春风拂过琴弦

很远的村庄都能听见

母亲弹奏的声响

和母亲的一次午餐

假期里，回家看望母亲

我只能请母亲外出吃个午餐

庄稼地里，花生苗隔着马路寒暄

风在树叶底下乘凉

母亲坐在我的车上

一路的汽车音乐

唱得太阳低下头颅

军山湖边，小餐馆林立

点上一盘鳜鱼

几个蔬菜，一碗西红柿蛋汤

在母亲的眼里，这些熟悉的菜

变得美味无比

一次简单廉价的午餐

到现在还经常被母亲

在电话里提起

每次我都愧疚地想起

母亲一个个孤单的日子

父亲的四种身份

之一：号手

鄱阳湖边，易涨水，也易干旱

那年七月的土地渴得喉咙冒烟

父亲天不亮就去地里起花生

锄头和土地第一次用坚硬的方式交谈

父亲耸肩挥锄，我弯腰跟在后面敲落泥土

干得发白的地面，一颗颗花生粒闪耀着露珠

霞光里，父亲举起装满水的花生油瓶

仰着头大口喝水，像号手在吹响冲锋号

那年夏天，所有的庄稼和一个少年

都按照父亲指引的方向

一路向秋天狂奔

之二：鼓师

父亲和母亲都是饶河调赣剧戏迷
八姐游春，打金枝，龙凤阁，秦香莲……
虚幻的历史一次次在乡村戏台精彩上演
某一年，父亲由琴师改为司鼓
鼓声开场，一个个故事由此拖曳而出扣人心弦
鼓点缓重庄严，必是某个重要人物登场
鼓点迅疾欢快，最终昭示着沉冤得雪
紧迫处，两根木棍翻飞，与牛皮亲密又疏远
时而激越，时而缓沉，时而无声
赢得台下观众如潮的吆喝和叹息

那一夜，父亲控制着人世间的喜怒哀乐
六十多岁的母亲在台下听得入神

如同倚门挑帘的少女走出了虚设的帷幔

鼓声，一点一点揳入她的心里

待父亲手中最后一记鼓点落下时

剧终散场，母亲又回到了帷幔中

之三：**画师**

小时候，我清晰记得父亲手拿画笔的样子

毕竟，这样的情形很少。似乎，父亲只有

握着锄头和犁耙，才与他的身份相匹配

进入冬天农闲时节，父亲开始调墨弄彩

在铅笔勾勒好的白纸上画出一幅天官人物像

天官相貌端正慈祥，眼睛微眯隐约带有喜庆

乔迁新居的人家将画像挂在中堂

人间便多了一个不用上供的神仙

多年以后，父亲作画时的物品了无踪迹
等到中年的我对着镜子苦笑的时候
闪现出父亲原生态艺术家的泥土气息
眼里的悲悯，和他画中人物的眼神如出一辙

之四：村干部

父亲初中未毕业辍学务农
八十年代担任村会计，后任村支书、主任
村集体经济几乎没有来源，我的家只得
变成村委会办公室、调解室和接待所
母亲不得已身兼免费厨师、服务员和秘书等职

村干部的工资少得可怜，还得挨家挨户收谷子
作为一年的俸禄。每年年关，父亲愁眉苦脸地
在家等待前来要债的人，少年的我多想
替他赶走一个个要他低头哈腰的人

直到前几年，当我成为一名驻村书记后
我才知道，为什么父亲二十多年保持沉默
一边是牺牲尊严、健康甚至生命
一边是他棺木离家时村民哭红的眼睛

父亲

寒冷的风吹红了山沟里枫树的脸

入秋收割后的田野

露出一排排短茬

是父亲一辈子抽下的烟蒂

父亲经常劳作之余外出唱戏

洗净了锄头带着母亲奔波四方

戏台上演绎的剧中故事

每次都感动了母亲浅浅的眼窝

两年前，冬至的麦苗即将发芽

蜜蜂已飞过屋檐，翘首等待油菜花开

父亲把疲惫的蓑笠放在门后

静静躺进热爱一生的土地

前日，父亲在我梦里笑着说——

下次相见记得带杯你母亲酿的糯米酒

等听完人生的悲喜故事

我要醉上他几万年的春秋冬夏

乡村教堂

每次我从前山走到后山

远处的河流总是湿润了夕阳

山脚下有一座头顶十字架的教堂

祷告的歌声参差不齐

劳作的人穿过岁月无心停留

只有低语的灵魂在相互打量

这座教堂墙壁已经残破

牧师用布道掩盖了来年的慌乱

一个个虔诚的身影，包括我的母亲

弯下身躯双手交叉

教堂里会响起赞美的歌声

只要驻足听一听

你就会知道这里在建造

一方梦的天堂

看戏

十月的冷风吹得正紧，戏台上唱得正酣
赵子龙过江的时候，母亲手心微有点汗
密集的锣鼓声送出一个个锦囊妙计
几番周折，刘备终于和孙尚香入了洞房

此时的母亲完全忘记台上熟悉的本土演员
有人白天还在为儿子离婚的事情纠结
有人为家里重病的老人焦头烂额
她也忘了，家里的蜂窝煤炉还烧着热水
明天一早还要在祖父母坟平掉之前做个祷告

我只静静地牵着母亲的手
陪她在戏里又活过一回

一座老房

秋风吹来的时候

我把回忆锁入抽屉

在一座老房子

静静地听一只鸟在窗口鸣叫

感觉世间所有的声音

如此清澈

刹那间的时光变得缓慢

而有韵律

节日里遥远的鞭炮声

村口的吆喝声，蜻蜓飞来的嗡嗡声

巷子里飘曳的柿子树

都仿佛聚拢在我的心里

随一只青蛙的跳跃

掉进了故乡的井口

一座老房

留住的是我的回望

一段时光

留不住的是那些匆忙

魔术师

我少年时曾迷恋魔术

魔术大师大卫·科波菲尔，一个谜一样的男人

他如同掌握魔法，凭空能变出一只飞鸟

也能让自由女神瞬间在眼前消失

青年时崇尚康德

在他和我渴求的眼里，星空是伟大的魔术师

它可以让每一颗星球飘浮

每位诗人或哲学家都能从中找到内心的法则

中年时开始热爱大地

大地如此神奇，每一条河流都面朝大海

每一座山峦都在手中蜿蜒如绳索

大地倚在河畔，水声轻说变幻

而现在，我对面坐着一个神奇的魔术师

她相貌普通甚至有些苍老

当摇篮里的婴儿突然一声啼哭

如同舞台的音乐响起

她从怀里可以变出奶瓶、围兜、纸尿裤、拨浪鼓……

这位魔术师的艺名

叫作——母亲

突然想念一条河流

这是一条贫瘠的河流

从鄱阳湖的掌纹里流经故乡

童年起我就见过她的模样

河堤两边的杨树一年四季疯长

太阳穿过树叶缝隙破碎在河里

分不清是鱼儿还是阳光

每年河水涨起抵达岸的腰际

我和爱穿红衣裳的堂姑一起上学

心情随着渡口的风荡漾

摇着橹的水声越过天色

夜晚趁着月光在我的日记本里歇脚

见过堂姑的人都说

她的身段如河流曲线一般

她的长发和水藻一样芬芳

当我偷看一眼她水中的眼眸

少年的温柔瞬间弥漫了整个春天

今天我除了怀念一无所有

天色晴明，春光正好

田野里除了盛开的野花

还有活着的生灵与死去的灵魂

四处可见的草长莺飞

消散了寂寞的鞭炮声

随手一割就会收拢一篮的回忆

而我，在此时总会准点出发

等待着和先辈们对话的幸福时分

我像读着一篇小说的目录

从头至尾仔细看墓碑上的文字

我相信雕刻的字数越多

意味着地下的日子过得越充实富足

我们的一生最终都会还给自然

我只希望——

把明媚还给春天

把雨滴还给云朵

把麦香还给土地

把思念还给故乡

只为每一个来过和离去的人

都能各自安好，幸福美满

今晚的月亮很低

夜幕降临，漆黑的故事

渲染了遥远的星空

一轮月亮挂在天上

看着奇怪的我和人间

此刻的月亮好像隔壁调皮的少年

一会儿躲进屋后

一会儿躲进树丛

偏偏，他就不躲进云里

站在空旷的操场

我很想摸摸他的心跳

告诉我昨夜梦醒时

无人能懂的忧伤

今晚的月亮很圆

暗淡了一切的喧嚣

今晚，他放下身段

像父亲一样用温暖的手

哄着我入眠

葬礼

唢呐声停了，一只麻雀在枝丫上突然沉默
古樟树指引着送葬的人群到达终点
那天的风有点绊脚，一路都有许多人跌落了
大颗的泪珠。树叶紧挨一起讨论昨天的祭祀
丧夫们提前挖好了土坑，堆起的土一层一层
像一张简陋的桌台
大红的棺木放在土堆边，似乎在静静等待
父亲朗声颁布一道村民公约
要么再等等，还可以看到刚好升起的炊烟

鞭炮声起，一只公鸡提前探路
用几滴血宣示着土地的归属
祭师毫不理会留恋人世的凄苦
他召唤四方神灵前来恭迎
用仪式感的语言告慰着母亲的悲伤

我轻轻抚平了盖在棺木上的毛毯

仿佛看到父亲露出平日里慈祥的面庞

父亲安静地躺着，他不再关心粮食

不再热爱痴迷一生的戏曲

不再理会人世间的挂念与期望

当最后一束阳光从松间落下

泥土已经垒起另外一个故乡

现在，我只需执行最后一道仪式

跪在墓前，紧贴泥土

把父亲的肉身和灵魂埋进岁月深处

把父亲的名字与希望刻在我的心脏

故乡的印象

一

一声悠长的呼唤

斜阳中，记忆如水闪烁

蓝瓦房上的炊烟

不经意间弥漫了岁月

母亲 总在青石小径

翘首呼喊着

我调皮的童年

那傍晚的身影

如同油灯下

纳衣补鞋的故事

成为永恒

二

岁月的灰尘

落满父亲的肩头

父亲便老了

多年，父亲身披蓑衣行走

用一双结满厚茧的手

抚摸我朴素的往昔

那把锃亮的锄头

在烟雾中日渐模糊

它的主人

寻找厚实的泥土里

播种的希望

三

故乡，我终生怀念的地方
忘不了的是
驼背的老月亮
和日落而息的长夜
无论走得多远
总有两座山
陪伴我的目光
一座是母亲
一座是父亲

故乡的莲

之一：种莲

初春的晨曦，微风掠过门窗

带上种藕，父亲和我沿田埂而上

曾经的稻田里，麻雀是最好的旁观者

她们梳洗着春光，好奇地打量着水面的倒影

一棵棵种藕沾满泥土

从昨夜的月光里运送到此

蛙鸣与布谷鸟的歌声陌间相闻

不知是否谈论着

彼此波澜不惊的童年

三月里父亲弯腰种下一排排莲藕

藕尖在水波里探头探脑

成为那年春天最美的油画

之二：采莲

荷花总是艳丽
像极了村后戏台上浓妆的旦角
红红绿绿，有时夹杂着淡黄
这些都是母亲热爱的颜色
莲蓬从掉落的花瓣里伸出粉嫩的手
很容易让母亲的目光瞬间温柔

莲子在时光里长大成人
从青涩变成黑色。盛夏来临之际
便是莲子归隐之时
母亲顾不上荷梗的刺
穿行在大片的荷叶之间
把一棵棵莲蓬收入怀中

我想她们对望的目光

一定有着心有灵犀的归宿

之三：梦莲

当我远离故乡，一包莲子总是成为行囊里的牵挂

成熟的岁月淡去了田野的晚风

每个星光照耀的夜晚

我常常梦行万顷荷花之中

在宽广的鄱阳湖边，听见荷花与蜻蜓的对歌

沉醉于芙蓉两岸的秋天

沉醉于故乡吹来的莲香

归乡

归乡的路上，夕阳和山冈沉默寡言

一排排水杉像古剑直指天空

趁着春天还没面世

冬季的风越过鄱阳湖平原

一次次吹起稻田凌乱的衣衫

村庄里每一栋房屋面色冷峻

看着落日缠住鸟的翅膀

村前的溪流口干舌燥

等待来自远方的人

在故乡的牌楼前突然到访

暮色一点点越过炊烟

越过枣树的头顶

越过院子里零碎的脚步

月光在墙角转身

与迎面而来的母亲撞个满怀

炊烟是故乡幸福的颜色

越来越接近村庄，比麦苗更低的
俯卧。比风更无声的阳光照在门楣
那是我终究要归还梦想的地方

村口的学堂没有往日的嘈杂
教室里发出集体朗诵的童声
只有柿子树还自顾自躲着开花

一只麻雀立在拴着牛的树桩上
吐出优美的歌词，等待我和它一起
歌唱。一起等待夜幕披上外套

故乡躺在大地上伸个懒腰
鼻孔里吹出暮霭和炊烟
这些轻盈的灰色，温暖我幸福的夜晚

为你寄一缕故乡的春风

我从遥远的玉门关外走来

醇厚的酒香泅湿了脚步

为了等你相逢

我把每一个思念的夜晚

点缀在绽放山樱花蕾的枝头

只为你来时

从任何一个角度都能

看到我妩媚的眼神

春风总是显得如此孤独

那些落英的缤纷

谁能懂你归去的心思

即使落入土里

一样散发着迷人的芬芳

故乡的春天

不是来得太早就是来得太迟

要么繁花似锦的时候你不在身旁

要么落叶飘零的日子你远走他乡

无论你是否愿意

我都要给你寄去一缕故乡的春风

我希望你在远方看到

哪里有春风吹过

哪里就是我们可爱的故乡

玻璃

电视剧里，囚犯和家属拿起电话正在会见

眼神交织却无法触摸

泪眼和指尖相对时，却是两个世界

亲情和自由，隔着一面玻璃

罪和赎，隔着一张纸

繁华和我，始终隔着看不见的屏幕

我关上了电视，调皮的阳阳爬上了窗台

躲在了玻璃后面看我，手摸不到他

——仅仅几秒钟，我突然觉得

人间如此漫长

在月亮到达之时返乡

自少年开始漂泊，习惯了村外的雨和雪
故乡的月色成为每次梦境的底色
回家，回家。梦呓一般从喉咙
返回血液

终于背上行囊，越过藩篱，越过河水
村口伟岸的牌楼像父亲一样高大
放下重重的背包，靠在石头的肩膀
冰冷而温暖

炊烟已热了三回，每次在屋顶袅娜
接到木柴的密令舞蹈、聚散又躲入云中
天色近暮，山冈只留下轮廓
月亮端上了桌面

看到月光下踩着碎步的身影跑过来

一个已经麻木的男人

常常想把她搂入怀里

继而，哭一场

说好的

我说：妈，今年我不回家过年了。

妈说：不给国家添麻烦，儿子安心工作就行。

我说：妈，我很想回老家看看您。

妈说：过年的时候，打开视频就像在家一样。

我说：妈，您照顾好自己。

妈说：儿子要少熬夜，喝酒千万不开车。

…………

我说：妈，我挂电话了。

妈说：好的，记得常打电话，不要挂念家里。

视频没关，妈妈转过身，白发和炉火一样晃眼

——说好的三个儿子都回，咋都不回来呢？

窗外，雪花开始飞舞，

却始终不曾落下。

磁之歌

是什么，能让日子消弭于地平线
又让日子在地平线另一头升起

是什么，让远离故乡的人
不断回头张望

是什么，让我在亲人埋葬多年后
还时常用黑夜擦干泪水

是什么，从少年送出的字条开始
依然抵达中年男人最深邃的心里

——仿佛一个人，牵着无数根线
把我们连在一起，编织成无限的时空

抵足而眠

小雨淅沥，是天空对惊蛰的敷衍

否则今晚的夜不会

如此安静，一滴滴雨踩过窗台

像阳阳白天踩过的操场

柔软而富有弹性

九点半，我从浮桥

带着城墙边劣质的歌声与香气回家

阳阳已熟睡，红扑扑的脸蛋

紧握的拳头，一定触摸了最初的梦境

洗漱完毕，我在床的另一头睡下

打开了一本诗歌杂志。阳阳的脚开始踢我

并紧挨着我。一种温暖

开始从诗歌里缓缓流出

那些我曾经忘记的日子

仿佛都已睡去，又重新醒来

颂歌十三行

这么多年，从来没有赞美你

你哺育了两个可爱的生命

也哺育了我。仍没长大的童年

你来去匆匆，把土壤装入背包里

在校园种植月光，在花圃收集太阳

深夜归来的脚步轻轻却踏实

因为有一个明亮的家

在角落里等你

每当待哺的宝贝醒来

你会在黑夜里准确地找到奶粉

你摇晃奶瓶的样子

就像摇着经筒

瞬间安静了人间

羡慕

另一个世界多美好

没有疾病、离别、苦痛，更没有死亡

明媚的鲜花盛开，骏马可以在云朵上奔跑

你随时酩酊大醉，无须担心明天的粮食

是否歉收，更不必为纷繁的生活而悲伤

这些都是我缺乏的，父亲却全部拥有

我想告诉父亲，这些

都是每一个清明的时候

我羡慕你的原因

昌江东去

自从鄱阳湖母体诞下后

有了丰沛的雨水滋润

昌江长大成人

护佑着一方平原和村庄

两岸长满了一排排杨树

每到浓情夏日盛开

一支瘦长的竹篙

打捞少年青涩的光阴

江水从没停止流浪

历经风雨沉淀

河床露出了沙砾

渡船空洞如陌生的目光

夕阳老去的时候

杨树低首，昌河泪流满面

岸边只有母亲捣衣的声音

声声刻在我的归途

菜园记

下了雨，泥土更肥沃

豆角一串串挂满了帘

辣椒，茄子，丝瓜，南瓜

含蓄地躲在细碎的叶子身后

像课堂上心虚的男孩

玉米和秋葵骄傲地举起手

等待老师的口头表扬

只有垄间的番薯藤

伏地一样成魔的马齿苋

无声无息，任风雨覆盖了一生

离开家的时候

我都会去菜园一趟

就像完成一次告别

池塘边有一棵苦楝树

孤零零地站着，树叶轻摇

像母亲送我一样

一直在挥手

却不再叮咛

第四辑　梦境与火焰

梦境

一片树叶，越过屋檐和星星

落到枕边。这是秘境，一条路穿过河流

在它的下面，那些游动的鱼

它们前世与我离别又重逢

我在森林里顺着流水

"飞溅到稠李树的枝杈上，

并在峭壁下弹着琴弦，为她深情地歌唱。"[1]

当我想抓住某个瞬间，才发现枝丫空空

身影消散。醒来时，泪湿白发

多年以后才发现

浮世依然让我刻骨铭心

---

[1] 出自［苏联］叶赛宁《稠李树》

火焰

博物馆角落里，他在端详一个陶器

透过玻璃，安静沉默。白云悬空，雨声滴落

他和它心有灵犀，远古的海水在翻滚

泥水和肋骨揉成的人形，犹如图腾刻在肌肤里

火在体内蔓延，哪怕成了死灰仍在燃烧

他想起古窑，一双纤细的手把人间揉成了陶器

这些装满水和思想的器官，张嘴呼喊

它们隔着玻璃突围，试图找回肉身

月亮简史

我无从知道月亮是从震旦纪

还是白垩纪开始

降临人间

我只知道她走过

古老漫长的旅途

才让我们看清她的容颜

她有时很丰盈

有时很贫瘠

她的阴晴圆缺

取决于我们的悲喜

此时此刻

我唯一能确定的

是月亮长期住在我心里

有时沉甸甸的

像一块化石

有时像羽毛

带我一起飞翔

雨歌

每年六月，鄱阳湖上空都会决堤一次
雨水落地一尺，湖水上涨三分

河床容纳不了，雨就变成了猛兽
庄稼被淹，人畜陷入灾厄

早些年，父亲每年都要被派去义务修堤
有一夜，暴雨如注，人声鼎沸

身材矮小的父亲，和乡亲们一起
驯服了一条卧地的巨龙

我始终记得，父亲在茅屋檐下
抬头看雨时爱恨交加的眼神

闪电

闪电是火焰燃烧的另一种方式
一次闪电，电压高达百万伏特。一次雷电
据说，功率如一座小型核电站

每撕裂一次，天空就会疼痛一次
每闪动一次，大地就会颤抖一次

比起中年人胸中的火焰
无论从危险度还是破坏力来说
闪电都逊色了许多

月亮

人间的河水涨满了又干涸

天上的月亮也会时胖时瘦

也许是知道夜晚太多的秘密

月亮苍白的脸始终没有血色

高悬的寒意亘古未变

寂寞，可以下成雪，覆盖人间

太阳

温驯的太阳，和温暖同义
万物复苏，生灵歌颂

每年酷暑难耐之时
我都想读一读后羿射日的故事

当年十个太阳，不知道神仙及其后裔们
是怎么活下来的

我只知道，后羿射完九个太阳后
娶了一个漂亮的妻子，名字叫嫦娥

惊雷

惊雷滚滚，速度虽来不及掩耳

但总是比闪电慢了半拍

每一次呼唤，都撕心裂肺

每一次击鼓，都不忍卒听

当你在后山听到打雷的声音，必须捂住耳朵

不然听久了，会听成一个母亲的哭声

星星歌

孩子说，星星是一个个灯笼

夜空下发出亮晶晶的光芒

诗人说，星星是死去的灵魂

抚慰日益苍老的雄心

村里的王大姐，天不亮就去田里插秧

星星是她手上的戒指

白云歌

白云像条狗
老是跟在山冈后面

小时候的我跟在哥哥屁股后面
想甩都甩不掉

如今，我跟在一个村庄后面
人们都说，我像天上的云朵

大风歌

每一次遇见她，我都会流泪
我比谁都清楚，给我最多安慰的
往往最先离开我

影子

行走人间，我随身的物品

正逐一失去。唯有谦卑

它跟着我，与我不弃不离

有时，它是我的敌人

遁入黑暗

给予我惶恐及悲伤

有时它是我的知己，我们相顾无言

当最后一片月光落满双鬓

我突然转过身去，和它抱头痛哭

伊克昭盟之夜

城市的夜是如此相似，霓虹灯在天空下闪烁
蒙古包的屋顶笼罩着虚幻的灯光
钥匙一样的蒙文和杨树笔直地站立
试图打开伊克昭盟宫殿谜一样的传说

夜渐浓，白天的浮热和仓皇的单于一起
遁逃边疆。缀满星星的黑袍覆盖四野
荒芜的灵魂。遥远的长调悠扬响起
我目睹众神离去，不再回头

长夜将尽，我又背起行囊
天亮的地方，是我一生
无法走出的故乡

春分

入春。万物，精神骤然紧张

绿色像谣言一样扩散

柳树披头散发，开始絮叨，不知所云

见风使舵的蚂蚁抬头夜观天象

宣示神的预言：暴雨，即将降临

清风肃立，停止了和桃花的嬉闹

岩石面朝远方，等待冲刷

漂泊者飞扬的风尘

这个世界，多么需要

一场暴雨来洗净充满欲望的内心

暴雨从故乡过境

把黑夜洗成白天

我在遥远的山冈看见

河流高耸的乳房紧贴着麦田

春分过后，雷电劈中大地

季节与生活都一分为二

一半沉淀一半张扬

一半快乐一半感伤

致春天

只要提笔，哦不！

只要想起，春天！

这两个字，会羞涩满枝的花蕾

南山的风脚步轻柔

所有的话语变得清澈

村口的溪流，屋后的田垄

飞舞的昆虫，还有桃花、梨花、油菜花……

像梦境一样抵达天空的内心

稍微倾斜，就会倒出

满地的春光

这个时候，所有的叙事都带有妩媚

树下行人的背影

总会飘着醇酽的芬芳

一年里结束的往事

又会涌上心头

绿杨烟外，晓寒轻送

无边光景泛滥了心思

写信给你时，你就是春天

春天里相遇一座禅寺

沿路而上，树木在风中婀娜多姿

山门前的桃花引领着春天的时尚

清风随花瓣落入凡间

每个人到此，总有一刻忘了红尘

琉璃瓦铺满了白云与山顶

香火让大雄宝殿显得更加端庄

每一株绿草都带有灵性

它们匍匐听道，互不打听身世

每支签落地时欲言又止

生怕一语道破来世的姻缘

那些慈眉善目的护法和罗汉

看我时都像藏着许多秘而不宣的往事

春天还会重返人间

只要万物一心向善，上天赐予大地的

除了饱满的粮食，还有收割者的歌声

夏天

鸣蝉收拾行李，树叶在目光里掉落
稻草人完成使命即将撤退

月光被太阳密令保持悲悯的缄默
窗外，水流的呼吸开始慢下来

群山在暮色里脸色冷峻
云朵依旧漂泊四方

我看见，天空坠落了最后一滴汗水
等不到星光落在肩膀

远行的你
把每一句歌谣都还给了故乡

立冬

这是一个典藏的季节

秋风收纳了寒冷

柿子正值青春

所有果实交流的眼神温柔而沉默

路过的蚂蚁和人们互不言语

只顾把采摘的甘甜和憧憬

装入箩筐

这是一个冥想的季节

天空澄明，鸿雁飞过

城市与村庄隔河相望

远方的雪还没落下

万物掩盖好所有的悲伤

炊烟飘进云朵

如同婴儿在怀里

吸吮母亲饱满的乳房

大地的神色宁静幸福安详

故乡的雪

雪从很远的地方赶来

似乎带着满身的酒味

当一个男人进门的瞬间

她看到他发出雪一样的呼吸

屋内，火苗从未暗淡

寒冷让炉火烧得更红

愈发逼近的思念从村口第一棵树

传染给了整个村庄

对于久居南方的我来说

雪，已成为稀有物种

至今仍囚禁在故乡的牢笼里

经常会逃脱，跑进我的梦中

高原是每一块岩石的故乡

路在盘旋，像无限延长的手

挽住一座座高山的腰身

我们要赶在河流之前

到达白果镇龙奔垭牧民家中

每一次上坡，都是急剧的拐弯

凌飞的鸟，俯冲到悬崖峭壁

人和车里播放的歌曲一样心慌意乱

车窗外，只有岩石正襟危坐

房屋都挤压在石头和树林里

炊烟在山坡的最高处升起

如果走进易地搬迁的牧民新房

必须先辨认每一块石头的去向

高原，把每一块岩石带回家

给予他们温暖的故乡

雪山谣

沿途，雪山刺破阳光

每个人的脸和雪一样白

不敢高喊，怕抵不住头的眩晕

也怕天上的云朵滚落脚下

一群群牛羊，轻吻着死去的青草

玛尼堆凝望着天空

依稀听到藏语的诵经声

穿过寺庙，穿过金沙江

连绵不绝的雪山，跌跌撞撞

他们组成一支送葬的队伍

白发苍苍，摇着五色经幡

超度人间无尽的悲伤

雪山比江水更远，比日子更长

只有歌声，能翻越雪山

在阿妈的炉火里融化

高原的灯光

暮深时分，红藏屋簇拥在一起

安静地享受从春到夏，从秋到冬

屋后巍然不语的高山，仿佛坐化的高僧

屋内有人点起了酥油灯，不为照明

只为相伴供奉的灵魂

广场中央，照明灯俯瞰着大地苍生

人们围着虚拟的一堆篝火，跳着锅庄舞

我相信，此刻他们就是自己的神

素不相识的人，放下人世的苦

分享来生的幸福

一束灯光在天空下游动闪烁

朋友以为是飞机飞过

同行的康巴汉子指着黑漆漆的前面

在遥远的山顶，那只是汽车驶过的灯光

那里有许多村庄，住在高高的天堂

沉陷

这是一片高原，云朵停下

都会发出回响。沉陷下去的地方

被雨水覆盖后长成村庄

然后有了池塘和鸟鸣

然后有了庄稼和风声

然后有了离家出走的月亮

——我们越来越沉默于时光里

深陷而不可自拔

每当月亮升空

我喜欢登上高原的山顶

俯瞰它沦陷的土地

并一如既往爱上它的伟岸与残缺

行僧

树叶落了变得更黄

荻草倒了铺满南墙

是时候放下木鱼

是时候拨亮油灯

把钵倒空

装入红尘

我要远走

不用再看苍天和庙宇的脸色

不用再想有没有回来的旅程

我要去沐浴尘世的风雨

风是人类说过的闲话

雨是人间长出的乱麻

走过高原，高原有朵凋谢的花

走过山川，山脚有条熄灭的河

走过村寨，寨里有个古老的人

走过故乡，故乡有盏干涸的灯

走得再远

也没有走出心里的距离

走得再久

也没有走出母亲的门楣

宋朝的秋天

一叶兰舟旖旎而来

采莲的歌声

一直在宋词里荡漾

等到绿肥红瘦

淋湿芭蕉梧桐的细雨

怎么也打不湿落寞的宋朝

你爱在窗台看秋天的黄昏

帘卷西风时你的身影越发

瘦过那些枯萎的文字

其实你知道，赵公子不会醒来

柳永秦观也只会在香锦阁里想起

月光下的胭脂和粉黛

唯有孤独的思想

一直在西楼守望

等到大雁捎来北方的锦书

等到千年以后的某个黄昏

一介布衣依旧走在宋朝的秋天

他在等待一首词在红唇间吟诵

石城八卦脑：指令一朵杜鹃花作为信使

之一：交战

四月谷雨，季节征战之时

春与夏在石城县东北方向展开厮杀

杜鹃花在八卦脑燃起红色的狼烟

各路诗人携带远方和密信从正面上山

他们将用类似唐诗宋词的符语攻克琴江关隘

大雨闻讯包抄过来，挟着风和雾

一次次无畏地扑向花海

我跟随大军所向披靡，目光执剑

十万缕花香落在指尖

十万片云雾为我所俘

从早到晚，春始终处于上风

那些芳菲的拥趸早已摆下庆功的酒宴

等待满怀悲悯的诗人酩酊大醉

之二：花语

据说，所有诗人寄给春天的信件

都会被这片山冈截留

这里的云雾与岩石互不打听对方身世

他们总是各奔西东

任凭满山的杜鹃长大成人

杜鹃花簇拥着，热烈奔放又羞涩矜持

等待慕名者臣服于她们的倾城

她们嬉闹枝头倦了人间，温柔而决然离开

遗落山谷一地芬芳的名词

有时，等不到一场盛大的花事

雨已从遥远的天庭赶来

一面呼唤杜鹃花不得多接触生人

一面喊着忘归的人

赶紧回家

之三：信使

诏书传来：春与夏停战言和

互派一位最美的杜鹃花王出任信使

为每一块心怀执念的石头解开爱情的绳索

人世间多少的忧伤居然不治而愈

诗人们纷纷下山

走过琴江河

走过通天寨

走过丹溪红土地

他们都向路旁的古樟树打听：明年此时

哪里还有战事发生？

夜坐夜话亭

一

公元 1094 年某夜，北宋大学士苏东坡
溯江至赣州，与隐士阳孝本秉烛夜话
留下一段历史碑刻于此

公元 2018 年今夜，欧阳之后裔
静坐于亭，仰望苍穹，卧听风雨
却见故人西辞归去

神游到此
方知往事已越千年

二

阳孝本，赣州名士，曾闻达于江湖
终隐遁通天岩的暮鼓晨钟
把叵测的人心拒于山门之外
苏学士，披一蓑烟雨
再旷达的心胸也无法度化
腐朽的朝代

直到他们相遇
已然忘记乾坤，忘记荣辱
却从未忘记手心攥着的热血
从未惧怕颠沛流离
只有被风雨洗礼过的人
才更加热爱风雨

只有曾被过去遗忘的人
才更加被时间记住

三

苏阳聊了一个整夜，无一句传于后人
只知历史无言，相知一生
他们在时光中吟诗唱和
最终湮没于时光

至黎明，苏阳饮廉泉之水
一定要放入香茗。煮透
那些狂放不羁才会被收纳
才有一首词降临人间
如此，方能消解
从古到今的愁

赣江水悠悠

此刻，我站在浮桥下

江水平静如镜

渔夫告诉我江边城外

落下的杨柳早已随波

流过下一个渡口

不曾闻穿越千年的风

和掌纹烙着的宿命隐于市隅

淬炼古典与现代的时光

而我却依稀看见

岸边的孔仲尼清洗沾满儒家风尘的双脚

一边感叹光阴逝去的秋天

逆流而来的范蠡白衣纷飞

他的目光总是留恋水里浣纱的玉手

连同乌江而来的诀别

把一段故事沉入江底

谁又知晓爱与烟火的明天

桥边城墙的暗花已凋零

北望的剑在醉里挑灯

故国他乡，远去的歌声

大江东去，骤雨初歇时

你又在何方？

斧戟钩沉，血色如初

战争的烽火照亮了美人的胭脂容颜

岭南运来的荔枝晶莹如霜

成为千年咏叹的泪珠

那些呼啸而过攻城的子弹

从近代史的课本里落入水里

惊破黑暗天际

迎来万里长征之后耀眼的黎明

青石路上疾驰的马蹄声清晰入梦

迷蒙的斜阳遮住了我的目光

江水依旧平静如镜

我转身启程，多想有人踏歌而来

陪我去赴一场没有结局的酒宴

浮桥的夜

重拾古老的心情

风中吹来离歌的悠扬

踏着摇晃的浮桥

俯看波光里

荡漾宋城的沧桑

载不动，风花雪月的曾经

那串刻满故事的木板声响里

抚摸过多少行人

洒下的忧伤

这样宁静的夜

有人在醉里挑灯

看一眼青剑冰冷的光芒

听一曲

金戈铁马的喧嚣

或许 今夜的清梦里

宋朝的使者

轻驾一叶江舟

踏歌而行

赠予我一札《离骚》

江边的你

轻如鸿雁

在唐诗宋词的平仄里走来

却不见苏东坡捎来的清酒

亦不见拂过柳永须面的桃花

军帐里的一袭罗衫

再也罩不住城里清冷的月光

这远古的思念

如不舍昼夜之江水

恰似异乡的过客

幽情倾满一江

长征渡

一

秋天的于都河波光粼粼，岸边枫叶正红

一个时代曾在这个渡口整装待发

开创了人类史无前例的壮举

黑夜里的一次起航，已被教科书深深铭刻

时间如白驹过隙，硝烟苍茫

战马的长啸犹在耳边回响

第五次反"围剿"失利，战略转移迫在眉睫

1934年10月16日，8.6万中央红军在此集结出发

一年后，仅剩6000余人到达陕北

平均每公里就有3名赣南籍烈士倒下

这是一次向生而死的伟大征程

这是一篇彪炳千秋的壮丽史诗！

二

河上没有桥，于都人民拆下门板、床板
客家老人甚至把唯一的寿材也劈成木板
于都河上五座浮桥一夜搭建通行
这是人民的力量，是中国革命的速度！
一条康庄大道，由此走向延安，走过西柏坡
走到北京，走在老百姓的目光里

初心是最强的动员令
信念是最先进的武器
向前！向前！一过渡口，世上再无退路
没有犹豫的脚步，只有向前

没有离别的愁绪，只有向前
没有生的希望，只有向前
没有死的墓碑，只有向前！

三

那一年，敌军围困万千重
过了渡口，故乡只能封存在铁马冰河的梦里
索尔兹伯里说：人类的精神一旦被唤起，其威力
是无穷无尽的
伟人挥毫：红军不怕远征难，万水千山只等闲

复兴的征程更加艰难，习总书记站在第一渡口
发出铿锵动员令："新长征，再出发！"
我们必须一往无前
我们一定一往无前

野生动物

热衷野生，就像有人热衷偷盗
新鲜，刺激，不惜被磕得鼻青脸肿

人类，也源自野生，从古老树林里站起来
美味和野生之间只隔着一堆火

如黑猩猩、果子狸、土拨鼠、蝙蝠等
无论天上还是地下，恶魔都会沿着食道进入坟墓

继续吃吧，人类最终还原成野生动物
吃掉自己，把家园吃成一个光秃秃的球

威海：我心眺望的远方

之一：初见

十年之前

我只是一个被贬凡间的仙子

当我选择春暖花开时

越过南天门，降临海边

我在潮水的呼吸里顾自纷飞

浸润着海水的空气刹那间变得年轻和燥热

像情人的舌尖滑过脸庞

那一刻，我无法拒绝喧嚣

像孤独的夜被黑暗撕开

我在海边盘旋，颂歌响起

越过八仙住过的酒肆

越过始皇东渡的目光

越过渤海黄海的龙宫

越过成山头重叠的礁石

越过甲午战争沉落的船舰

越过浪花簇拥的即将初升的太阳

像海浪拥抱着沙滩半推半就

像海风挤压着帆船共赴天边

之二：思念

当甲午所有的故事沉入海底

一切的容颜依旧布满灰尘

一望，就望断秋水

一别，就天无尽头

四季变换，冬去春来

我想念的结局始终不渝

那些战争硝烟弥漫的地方

有我故乡亲人坚守的希望

我总在用心眺望，沐浴焚香

呼唤着一个个被热血浸透的灵魂

我思念着和你一起去过的远方

我盼望着和你把盏西窗的时光

之三：重逢

往事已越千年

再见时你我携手走入现代新区

激越的鼓点迎面和歌响起

一束束火炬沿着海角被点燃

高楼大厦接踵摩肩

国际浴场令人流连

我遥远的魂魄再次升腾

远古的历史在血液里沉淀

现代的灯光让我目不暇接

也许，下次再来看你时

又是一个绝美人间

长恨梦

举起醉梦的酒

愁肠已穿越千年

菊花古剑的倒影

映出胭脂香味

唱一曲羽衣霓裳

看到你妩媚的脸

在我侧耳呼吸

逐渐陌生的岁月

烽火灭马蹄声远

那一年的悲伤

一次次走入我的梦中

盛世之间

天地却如此狭小

荒芜的爱情

早已断壁残垣

被湮没的月光

照出梨园深处

今夜又是对影无眠

鼓乐笙歌

凤凰起舞

衣袂纷飞

你在你的世界里优美

我在我的天地间沉醉

我把自己埋进土地

拒绝一切酒和水

拒绝虚伪的阳光

不需要酒精麻醉自己

也不需要粮食的慰藉

只需俯下身体，把自己与黑暗

一起埋进一样黑暗的土地

像一名过客看惯了世界的贫瘠与荒凉

习惯了野兽穿行荆棘丛生的孤单

蛇总是爱与火焰共舞

即使死亡依然抵挡不住

明天升起的太阳

无法改变一条河流的远方

而我，只想做一粒种子

与时光奔跑随风而落

落在沙漠我是一棵沙棘

落在田野我是一株嫩草

落在山冈我是一棵松树

落在湖泊我是一朵莲花

落在你的心里

我就是不灭的希望

二月

也想和你谈一谈二月

离过年最近又最远的日子

在冬天与春天交替存在的时分

我温好一壶酒等你

在江边城外的楼台里

见信如晤

想和你一起看看盛开的樱花

或者，一起回忆被文字美颜的旧时光

当你的名字凋落在雪的枝头

温暖只在土地上开花

想和你再去淋一场午夜的雨

咖啡馆内外不同世界

故事却一样缠绵

离别时转身

分不清是背影还是街角的路灯

等到再见面时

我送你一束二月的春风

你把它剪成岁月的红妆

一棵冬日的树

那是我熟悉的旷野

我像一只鸟，在微风中飞过

停留在光秃秃的枝丫

不由得想念葱茏的春天

骨骼在生长

肌肉变成落叶坠落土地

一棵老树用冷峻的脸色

看着四季穿胸而过

等待来年的燕子栖上枝头

等待落叶进入身体重新发芽

等待远方的你

继续挺立成一种姿态

孤独而傲然

翻起陈年的书信

冬日的某天，我静坐在书房
不经意打开一札书信
如同在西岭的窗边
看门泊的船只驶过眼前

埋葬的故事在土壤里复苏
我突然牵挂起
那束落在恋人发梢的月色
是否还在火车站台孤独终老
曾经一夜间写下的爱情长篇
早已在拥抱后相对无言

我曾怀疑
当年的鸿雁是否耽搁了春天
不然，我怎么想不起
你认识我时写下的诺言

在最美的时光里遇见你

那年的我风华正茂
初识时被你清秀的容颜所倾倒
当你走入我的视线
像一阵婉约的风
吹皱了墨香的文字

为了看你，我从南方而来
从头到脚读你每一个地方
为了懂你，我把时光折叠
品味独有的智慧与渴望

每周你总是如约而至
静静地躺在我的办公桌上
娇小玲珑而有蕴藉思想
像秋天的湖面掠过的候鸟

抵达远方，期待周而复始的重逢

像金黄的麦穗饱满丰润

等待收割者的垂青

你朴素无华，不施粉黛

却有人为你默默梳妆

你从青涩到成熟

牵挂了多少爱你的目光

在最美好的年华

遇见最美的你，是我独享的幸福

纵然时光老去

这份情怀永远留在我的心房

待到满目繁华

你仍是我的守望

夏天来信

在夏天的街道

我抬头仰望天空

层叠的云朵紧挨着

在湛蓝的布匹上舞蹈

有时，云团被狂风驱赶

掉下来，成了浪花朵朵

自你离开之后

夏日的旷野如此辽阔

我时常坐在岸边

看雨点纷飞落入江面

看一群孤独的云朵

最终流落浩渺的人间

离开江边

人影幢幢

伫立雨中我突然想起：

后来春雨落汴京

只君一人雨中停

这两句诗

写在你春天寄出的信中

暴雨

端午过后

雷电在九天门外彻夜击鼓

有人打开了银河的闸门

暴雨倾注人间

雨下得多

泥泞的道路便也多

世间那么多的忧伤和疾苦

怎么也洗刷不完

惠西村的莫大姐整日在哭

大雨冲走了窨井盖

三岁的儿子掉下去

再也没有回来

雨还在一整夜地下

发疯般地冲向大地

好像在寻找

失踪的自己

主角

他热爱舞台，热爱聚光灯下

台下人群复杂的目光

艳羡，嫉妒，甚至恨

他只是一个跑龙套的人

每天在戏里穿梭，化了装

没人认识他是东村还是西岭的王二

他只有静静看着别人站在舞台的中央

他只是我的一个邻居

当有一天，他去世后被送回老家

躺在厅堂。整天，沸腾的唢呐，还有哭声

人们都热聊着他的种种往事

此刻，他是主角

而他却浑然不知

月亮与玫瑰

日子像西西弗斯的石头

每天推向山顶

直至掉入凝望的深渊

诗歌孕育爱的灵魂

也抽掉一条河流的骨头

世间太过炎热

我要躲进一块岩石

与玫瑰相依为命

和落日交换彼此的失眠

等到月亮升起时

我们摔杯为号

取一朵玫瑰自刎

请允许我提前交代好石匠

把月亮雕刻成墓碑立在天上

让夜空照耀的人抬头看见

一行行月光与花香

替代一首赞美诗

叙述我们拥有的良夜

阳光小屋

走过熟悉的走廊，生活的烟火在弥漫

早春三月的阳光沿着记忆

进入小屋，如同返回一座空城

一束玫瑰静静地站在角落

陪着一只遗落的耳环

似乎在交谈夜晚的秘密

屋内飘来隐约而虚无的茶意

浓香的话语尚未泡开

一双纤手轻轻抱着

一轮明月般的空白

我知道，她早已别离

她盛开在明媚的他乡

昌北机场：距离72公里

汽车在高速上驰行，大雨落下

如同冲锋舟穿行在湖面

我们谈论刚刚逝去的旧年

谈及许多秘密和一枝木姜子的往事

远处雨雾仍然迷离，山峦起伏叠翠

直到路牌显示：距离机场72公里

我们开始沉默，登格尔唱起了《云朵》

这一刻，瓢泼的雨和漂泊的云朵

突如其来相遇，车身偶尔战栗

直到我们重新谈到未来，大雨停止了冲刷

道路逐渐变得清晰，如同有人指引

我们一起奔赴三月，在前世相逢的地方

那时，蜡梅已凋谢

那时，桃花已盛开

我与海：一场互相退却的战斗

征服大海，必须深入海的体内

用肌肤和潜泳抵达汹涌的宁静

指尖可以分离盐分、海藻和鲸鱼的呼吸

抬头隐约看到蓝色里闪耀着绿意

那是故乡的湖水汇聚成浩瀚的平面

祖先从中原留下的遗愿被冲刷、埋葬和遗忘

吐着泡沫的云朵涌过来，淹没我的身躯

不能困顿停留，必须放手一搏

迎面刺入海的肺部，任其哀号遍野

一次次挟带阳光和风，海浪咆哮般猛烈反击

我顾不上沙滩上死亡的雪，只得鸣金收兵

奔腾的万马终于退去，我和海都松了一口气

这场持续一个半小时的战斗

我们都无法评定谁输谁赢

——在自己的世界里

我们都是胜利的歌颂者

我爱上一朵海浪

亲爱的，此刻我在这一片寂静而喧阗的海湾

我的足迹和云重叠，轻盈、虚无，没有规则

我不想谈隐喻的辽阔，拒绝修辞和虚伪的美

亲爱的，我已和海浪私语很久

我们一起踏浪，相拥远行

远古时在山峦订立的盟约，已成灰烬

如今，我只属于蓝色的大海和帆影

很多年了，我离开的时候

像某些事物冲击中年的内心

一次次诱惑，又一次次退却

蓝色，是海浪留给我最后的背影

海口的海

越接近海，越会想起一个叫海的诗人
越会觉得遥远的呼吸迫近人世
海浪，死士般向海岸线冲锋
退却，只比从前更加猛烈

岸边多了许多的海藻、贝壳
水母漂过脚踝，除了泥沙
我们并没有留下太多的记忆
那些面朝大海的美丽
一个人无法独享。而我
只看到了海的渺小
再辽阔的大海
也比不过一个中年人汹涌的怀念

海有尽头，天有尽头
唯有爱，让我一息尚存

银月亮

这块银，从古至今一直在炼制

有时被云朵敲打成银碗，有时锻成弯刀

偶尔，镀上一圈故乡湖水的金边

会让所有的目击者彻夜难眠

这也是一粒白纽扣，缝在天空黑漆漆的衣服上

秋风吹来的日子，我们能够抵御

由内到外的寒冷。幸运的话还可以

搂一人入怀，驱散天边撩人的歌声

你如果愿意，不妨等到八月十五子夜时分

桂花树下，会传来树叶叮叮当当的声音

有个人从银月亮上走下来，独自敲打银器

然后一起举杯，一起宿醉

他身上披着白霜

他在等待八月十六的太阳

奇迹总在我们身边发生

我不相信奇迹，正如我不相信太阳

会从西边升起。日子一天天流水般冲刷

河床的悲伤和荒芜，石头被沙子磨砺成

一面古老的镜子

赶路的人急于雕刻自己的墓碑

一个叫未来的神秘生物，与人类保持着距离

当我某一天越过云层，颠簸的生活

露出了曙光。在一万多米的高空

我写下了无人问津的诗句。飞机落地时

人们互道平安和祝福，各奔西东

去迎接磨难和平庸的挑战

我相信奇迹，正如我相信太阳会从东边升起

浩瀚无边的日子，平淡的隐匿处

深藏着一个个幸福的奇迹，而我们对此

毫无察觉

致新年

这一年，我高举火炬，比肩星辰
这一年，我遁入泥土，深吻大地

曾经，我把酸果酿成酒，和诗句一饮而尽
与爱着的文字彼此温暖从不言弃
曾经，月光满溢乡村，任凭一隅黑夜
浸染我的身躯，却比光明更早撤退

我知道，我存在于你的世界里
如流星划过，穿过云朵的身体再不会相忘
我热爱你的青春，你爱着我的年轮
不是吗？你看，天空上属于未来的黄金
"永远命令我们歌唱"

波涛

波涛一阵阵涌过来，像爱过后离开的身影
我们的枕边书，一次次合上又打开
夜色和灯光被波涛裹挟着吞没
甚至歌声，也被消融得毫无声息
前面走来一位老者，西装，头发花白
偶尔抬头看看夜空。我蓦然发现
多像二十年后的我走过江边

彼时，波涛汹涌如初
岸，从未改变半分

像雪一样下着

世界如此安静。你能听见月亮爬上窗台
的声音。夜，是王者，也是最孤独的人
他醒着的时候，人间还在沉睡
一只猫在楼下低吟，偶尔啜泣，仿佛
满腹委屈无处诉说的少女
一个男人开了灯，新闻持续在手机里推送
月色像雪一样下着，簌簌而落
逃离，一念之间化为乌有

对于即将醒来的日子和奔赴的远方
我一直都没有必胜的信心

孤岛，越过我的万水千山

夜空的枝蔓延伸，如你温柔的手
抚慰日益陈旧的日子。灯火阑珊的时候
兰花、金樱子、茅岩梅，依次说出自己
藏在心里的秘密。我们来自不同的故乡
又回归地平线上的最后一缕
多少青丝，披在你的背后默然无言
为了明天，我们把酒醉上一夜

终归我们会离开，像窗外的药香
虚无、缥缈、飘散，落在掌纹最深处
衍生了目光。越过山丘，越过大海
世上所有的芬芳，都在
我的孤岛，我的万水千山

孤岛

因为际遇，我们在人海里相见
一叶舟从此有了可偎的伴侣
这一刻，风雨为我们和歌
我心里的歌谣，在古老的酒香里
化为指尖的微凉。而我
一次次被汹涌的温暖卷入怀中

我们本无所依，日月星辰大海
已隐没心里。陈旧的往事
归隐于四季。多少少年的梦
从来就没有醒来

有你在的孤岛
就是我的海角天涯

法器

阳阳已一岁三个月，对文字充满兴趣

咿呀学语，家里的唐诗翻来翻去

李白的瀑布、杜甫的船和贾岛的寺庙……

唐朝的月光倾泻至今

阳阳读不懂复杂的河流

家门口各种包装袋，上面有文字

关爱健康、爱护花草、爱国敬业……

每次回家，阳阳都会跑过来牵着我的指头

不大清晰地读出：爸爸，爱！

——阳阳是不是想告诉我，他已拥有

抵挡人间皆苦的一个法器

荷塘月色

总有一亩绿色，注解夏天

荷叶，把手高高举起，风中起舞

为暮色笼罩的苍生祈福

——黑夜把空气凝成月光

每一颗琥珀滴落池塘

羽化成仙，月亮立地成佛

所有流水，为蛙声埋下伏笔

莲藕在夜里变成莲花

对你的宠爱，开始一生蔓延

星空

每颗星球都有自己的轨迹

它们陀螺一样

热爱着自己的使命和生活

走在银河的街市

活在被仰望的幸福里

——人世间太多的纷繁，没有谁

能躲过约等于宇宙的宿命

每一粒尘埃，都是我

马背上的火焰

一踏入山林，鸟开始安静

马尾松抻长了脖子张望

马鞭草集体潜伏，风语者告知

——预留的山谷，用于陌生者相认

一群自带火把的人即将见证

一面燃烧了七十年的旗帜

如何在城外传递神秘的语言

如何铭刻纯正、新潮、温暖的灵魂

骑行的人，亮出了红色的信物

——驿旗上每个姓名如同甲骨文

接到密令，桀骜的马背负火焰停下奔跑

一次次嘶鸣，向着太阳

正午时分，我把目光做成一把弹弓

马是皮筋绑住的矢量，疾速飞远

穿透群山万壑，穿透竹海松林

马蹄声脆，白云落入水中……

一只云雀飞过虚无的视线

一团火焰烧到天边

江夜风景

把白天放进冰箱

傍晚才会露出一丝凉意

云霞躲进帷幕，眼神微醺迷离

贡江丰满的身段让夕阳血脉偾张

路边的蛇目菊、鸭跖草、木槿花迎风摇摆

古老的城墙和奔腾的江水相拥缠绵

行人中我越来越散淡，失去的肉身藏在庙中

郁孤台人去楼空，任凭马祖岩的叹息

一声一声撞击秋天，云雀已捎来钟声

醉里挑灯可见，慈姑岭古战场帅旗飞扬

集结的号令通过渔火悄悄传递

无数只萤火虫从水里飞出

飞向无垠的星空

虚构

风离开树，叶子离开风

月光在飘落。你看我的眼神逐渐衰老

每天我都在虚构一场刻骨的爱情

把每一个动人的名词重新叙述

这世事辽阔，给予的时空

却不能容纳我们彼此的温度

夜晚如此深沉，有时漆黑

有时光明——多像你卷起的潮汐

在手心间涌起

在喧嚣里退去

这寂寥的人间，迫切需要重生

消融一切腐朽、死亡、背叛和不平等

告诉每一条途经的河流

我们曾经爱过

我们从未爱过

躲藏

多年前，我偷窥过阳光、鲜花和青春

也曾偷盗一滴雨水的欲望和梦想

因无法物归原主，我至今

仍被四处通缉

我在一艘船的舷上刻下相认的符语

企图投案自首

却唯恐辜负水中的月光

等到有一天，我被缉拿归案

爱过的人请记住：

不要探望，也不要悲伤

对于任何一朵玫瑰

我都羞于说出自己的姓名

今生，船体越重

水痕，就会越深

罗盘

第一次看见罗盘，是小时候

家里被大火烧后需要重建

风水师手执方形法器，口中念念有词

左眼看天右眼看地，就是不看凡人

如果多一朵云，我会以为他来自《西游记》

法器上密密麻麻的文字，如同祖先掌印

早已为后来者定下了宿命

等我长大了，罗盘却越来越小

一根针存放在心里，只是它再也无法指引

一个中年人的方向

地球是一只鸟

李大爷每天早上提着一只鸟笼

走过鼎沸的菜场，偶尔唱几句京剧

他是穿白袍提长枪的常山赵子龙

到了公园打开鸟笼，八哥飞了一圈又回笼子

他想起了去年离异后又跑回家住的女儿

曲调变得婉约，苏三已离开了洪洞县

坐了一早上，树叶纷纷掉落

秋天的地毯上爬满了一年都在忙的蚂蚁

天气转凉，他还是回到了五楼的安置房

有米和水的地方，人和鸟都觉得安全

收音机里传来新闻播报

热带季风洋流已从美洲走向亚洲

厄尔尼诺即将席卷全球，旱季迟早来临

地球也是一只鸟

怎么飞也飞不出笼子

刺客

喜欢黑衣，易于融入黑暗
喜欢屋檐，不在意高处能不能胜寒
必须配一把短刀，斩断人间的情缘
还要脚蹬一双皂靴，便于远行时
比黑夜更快抵达月色

自年少时他一直在寻找刺杀目标
特征：秀发、婀娜，热爱星光和卑微的篝火
标价：分文不取
期限：遥遥无期
至中年仍一无所获，独自铩羽而归

差事是交不了了，难免被别的刺客追杀
不如，去杀一个月亮吧
流下的白光，至少能向世人证明
这一生，刻过自己的骨，爱过一朵虚无的云

大雁

空旷的广场，树木也变得消瘦

寒风铺满了依旧碧绿的草地

经过路灯的人，缩着脖子

仿佛巢里没有长出翅膀的鸟

一群穿着红色绿色长裙的女人

叽叽喳喳，从车里鱼贯而出

领队的是一个秃头男人

他负责指挥、摄影，兼提衣物

她们一会儿排成一个"一"字

一会儿排成一个"人"字

胭脂下的皱纹和水面的波浪一样荡漾

此时，一群大雁飞过头顶

——她们都在飞往春天

第五辑　我们依旧怀有春风

春风引

我和一条鱼

沿江洄游

试图抵达另一条河流

我截取江水

波光粼粼的部分

用来点亮孤独的春天

岸边的桃枝无须再折

南庄的村口

走来熟悉的身影

去年，我们在此门中相逢

今日，我们依旧怀有春风

乌桕

南方树木郁葱，也多乌桕

迎风立在溪头或者河岸

总是一副淡泊的样子

给了我许多安慰和喜悦

乌桕没有梧桐的虚空

苦楝树的忧郁

也没有桃树的妖娆

枫香树的多情

树干粗一点的

可做家具，也可做棺木

细一点的，适合做成挑水的扁担

孩童手中的陀螺

乌桕的叶子形如心

风一吹便泠泠作响

覆盖了几许忙碌又苦涩的岁月

待到冬天，结出一串串白果

绚烂了整个旷野

乌桕，有着长年乌黑的脸

略弯的腰身

每到收获的季节

它们和朴素的乡亲一起

吸入几口醉人的秋风

便从枝头开始

红遍了全身

掉光树叶的乌桕

满是皱纹

像土地庙的神像

心怀慈善

用悲悯的目光

打量路过的异乡人

有一年秋天

我要离开扶贫多年的村庄

当我站在一棵高大的乌桕树下

扶住树干

突然泪如雨下

崆峒山遇雨

依旧是暮晚的山中

夜色隆起

拥着沉默的我们

走过一扇虚掩的寺门

枝头红透的乌桕和枫香树

在风中无声地吟唱

脚下的枯草

匍匐，摇晃，老去

黑魆魆的山冈上

只有野茶花零星盛开

当我们走在空旷的山路上

忽然下起雨来

细雨稠密如片片雪花

落在你的头顶

我惊讶于

光明的提前到来

我出神凝望

你坚定的背影走出深山

这些年，做过的许多的梦

仿佛瞬间醒来

风吹过

山坡青草柔软

我的身体与大地的曲线重叠

似乎听到石头的心跳

当炊烟爬上屋顶

云的呼吸和母亲的呼喊

随风飞到我的耳畔

多年前我独自远行

肆虐的秋风

失语于一首纯真的歌谣

我回到故乡时

风吹过空空的山坡

那一刻，风把时光镂刻成空

悬崖之上

走进黄昏的山中

云朵像一缕缕炊烟

飘向天际

一座座起伏的青山

披上暮秋的面纱

在薄雾中

聆听攀登者的远歌

行至山巅

落日高悬左边

我端坐右边

目睹大风如何吹动

一堆岩石

一株牙口松动的马尾松

如何与悬崖达成和解

许多的路往天上走

许多的树仍在赶路

当我们在林间不语时

白天和黑夜正在交换

笼罩的万物

那些晚霞褪去斑斓

露出点点星光

所有的青山都归隐大地

所有的悬崖都倒悬人间

桥

每天下班时我要经过一座桥

落日按时从钢架上缓缓沉入水中

桥身鲜红，桥下一盏盏红色尾灯

密集如火焰般燃烧

我驶入汹涌的车流

像一只飞蛾

新年献词

我们走在冬日辽阔的江边
谈起更加遥远的往事

银杏和槭树剩下几片叶子
像麻雀在枝头摇晃

波涛如松针铺满江面
渔船吐出最后一口烟雾

远方传来晚祷的歌声
愿我们不再辜负春天

冬雨

冬日姗姗来迟

必须降临一场雨

为最后的季节命名

也为点燃枯萎的炉火

找个依偎的理由

曾经的炎夏和繁秋

消融了日复一日的星空

我们都已沉默太久

一直等待一场冬雨

洗涤萧瑟的万物

在冬季

雪或许是雨的来生

我不知道

今夜冬雨过后

雪会不会如约而至

我期待这一天

雪花飘落街道

归途已被解封

我们走在泥泞的人间

一路白首

树林深处

正值暮秋。一条道路

把脚步引入山坡

香樟、乌桕和银杏

都拥有自己的封地

杨柳树晾晒秀发

林刺葵举头高歌

蔷薇、海棠和枫叶

纷纷把油彩

搬出美术课教室

那么多爱美的心灵

总是不经意悸动

而不再青春的我

喜欢安静地

与每一株酢浆草低语

喜欢背靠黄葛树

为星光写下陈旧的文字

忘归的时候

树林深处

传来鹧鸪迟缓

孤独的鸣叫

如同唤我乳名的母亲

一声声把我喊回故乡

傍晚的三种事物

在傍晚静静伫立

古老的晚霞新鲜如初

当落日成为流星

流水成为化石

我无从知道我们追寻的永恒

是否会成为永恒

在世间

唯有生死

突如其来的爱

不能替代

如果独自远行

我会在暮晚抵达之前留下

泪水、拥抱和鲜花——

泪水留给过往

拥抱留给爱着的人

鲜花留给辽阔的旷野

立秋

山野葳蕤

水流发出均匀的呼吸

蒲公英结成一粒粒果实

随风飘飞。每一颗松果

裂开后落在山坡

等待着来年苏醒

林间闪现的光

刚刚染上金黄的秋色

行人走在路上

挂满汗珠的笑脸

从此多了一些清浅的梦

夜色尚未来临

万物变得安宁

白云，一朵一朵

钻入群山

如同晚归的孩子

奔向母亲

漫过人间

今天，七月恰好过去一半

想彻心扉的亲人，痛哭过后

再也没有回来

我们一起走过的路，有时很拥挤

有时又如此孤单

古老的城墙下

人们都忙着

邮寄天上的包裹

写下名讳，写下相同的地址

我确信：外婆、祖父母和父亲

都能收到今夜的祝福

离开烟火缥缈的江边

我们不再谈及往事

寿量古寺的诵经声

浪涛一样逼近人群

天上明晃晃的月光

覆盖遥远的故乡

覆盖汹涌的黑暗

逐渐漫过人间

秋暮

进入山中，秋风慢了下来

路边的枫树、厚朴和木莲

纷纷伸出兰花指

牵着一条山路蜿蜒

抵达一座禅寺

野菊、扶桑、斑叶芒

埋在阔叶林深处低头不语

远处暮霭略有寒意

留下秋天的空白

我独坐良久

面对一处岩壁

仿佛面对万千江山

我的影子逐渐

化为人形隐入石头

早已剃度的月亮慈眉善目

一次次敲响

桂花树下

悠远的晚钟

飘落在车窗的秋雨

秋雨稀疏而零落

一颗一颗奔向大地

迎面落在飞驰车的窗

远处的青山和树影

逐渐成为模糊的往事

每一颗雨粒如此晶莹

像你离别时沿着侧脸

滑下来的泪珠

它们装着满腹的心事

努力地聚拢，分散，爬行

沿着玻璃逆风突围

时而快速

时而缓慢

这么多年

我和风雨都在四季中行进

寻找依附于某个安稳的场所

时间是巨大的雨刮器

只需轻轻一刮

所有的雨水和伤痛一起消失

像此刻的光阴

成为透明的空白

唯你珍贵

这个秋天快要落幕

天空越来越灰暗

野雏菊还在路边开放

我们说好的明天

仍然没有到来

橙园的黄色开满了山坡

大雁已经飞回南方

自由的铁轨

一直通往你的心里

我深深知道

遥远的漫长的一生

拥有河流和山川

因为有你

格外珍贵

当你告诉我

相约的地点

我已启程

却不再寻找

秋天的暮晚，我在银杏树下等你

深秋的校园越发成熟

举手投足写满风情

微风吹过星月湖面

柳树和银杏树裙摆晃动

跳起青春的舞蹈

每当夜幕降临

银杏树涂上一层粉色

氤氲流动在脸颊

仿佛向遥远的星光告白

每一条道路曲折又柔软

洒满细长的身影

当我抬头凝望

校园的钟塔依然挺拔

留住每一瞬仰望的目光

晚霞褪去红装

如约而至的明月

让教室的灯光黯然失色

让明亮的眼睛更加明亮

等你的时候

我会选一棵最美的银杏树

要么在每一把秋扇上题字

写满年少的往事

要么在地面捡一片落叶

装饰你一帘金色的梦

慈姑岭

记不清这是第几条古巷

曲折起伏的慈姑岭

让人伤怀又欣喜

走在逼仄的空旷里

人影零落，已无车马往来

一两只麻雀停留在

破旧的屋檐

和几株野蔷薇分享

落寞与芳华

隐约听到窃窃的笑声

那一定是绣楼的姑娘

抛过来的时光

折身回来，山河成为故人

星空吹起笙箫

还是一样的黄昏

一样的落日

你不在身边的时候

人世间所有的美

都让我黯然神伤

山中已无落日

当我们到达山顶时

崆峒寺门虚掩

香火已奄奄一息

方圆十里

只有秋风和我们

还在追寻远方

庙里唯一的僧侣

已经下山企图点亮

万家灯火

一排排高松肃然站立

从菩萨的手间

遗漏了一室霞光

当你许愿出来

我轻轻摇晃一棵柿子树

金黄的果子

掉落脚边

你捡起来放入篮里

一轮落日

刚好归隐山中

落日与江水

我们如此喜欢黄昏

在此刻的静谧中

抚摸江水

一同呼啸，悲悯，孤单

奔腾的爱如此直接

一切都永不停歇

我更偏爱落日

它对人间保持缄默

这么多的悲喜

变得愈发迟缓

云朵已长成晚霞

风中草木依旧

我们还没有等来

秋天收获的消息

一只飞鸟划过江面

掀起波浪后复归平静

多像我们的爱

不轻易打开

也不轻易绝望

不经意受伤

又悄然愈合

秋日：最初的抒情

当我写下最好的一天

纸上便泛起金黄的波浪

天空多么澄蓝

如果添加几笔秋风

路旁绽放的海棠和芙蓉

就一起和白云摇曳

阳光不紧不慢

斑鸠靠在树枝

轻声交谈

半月湖的几尾锦鲤

留下窈窕的背影

只有池塘的残荷

提醒路人天已微凉

从深秋到初冬

光阴依然如故

人间万物

悲喜不惊

我在南方时常想起

这样的午后

松果落满山坡

你低头凝望的样子

像极了多年前

我在故乡

邂逅的那只归雁

它飞走的瞬息

成为秋日最初的抒情

立冬日

这是暮秋的最后一天

街道两旁仍有繁花盛开

岁月无法挡住

水流的脚步

正如步入中年的我

会在某个夜晚

看着月亮和星星

躲进黑暗的苍穹

我的半生告诉我

爱并没有来生

爱成灰烬

便是永恒

如果大地不能献出落叶

如果冬天不能献出白雪

我愿意

献出我卑微的灵魂

后记：生活有诗　时代有歌

欧阳红苇

在此之前，我有两件事从未想过：一是能出版属于自己的个人诗集；二是长期在机关工作的我，会以另一种身份在乡村工作近四个年头。

2018年3月，我主动申请驻村扶贫，担任第一书记兼工作队长。我一头扎进农村，从此开始了另一种人生。在农村土生土长的我对乡村生活有着天然的热爱，喜欢这种脚踩泥土、头顶星光的日子。那几年，正是全国脱贫攻坚战进入全力冲刺的时期，"两不愁、三保障"、扶贫资金项目、贫困户政策享受情况等各种任务和考核特别多。尽管从驻村回赣州市区仅有一个小时车程，但因扶贫工作非常紧张，周末经常开会或加班，时间最长的一次，我有近一个月时间没有回家。

白天紧张而忙碌的工作结束后，面对空荡荡的村委会院子，心里涌动的那些百感交集让我在时隔近二十年后重新捡起诗歌，断断续续写下一些生活的感想，并尝试着写了一些扶贫主题的诗歌。那时的写作，我很少考虑语言结构或意象之类，也没有借鉴别人的写作经验，属于真正的原生态写作。灵感一闪时，有时是在走访贫困户的途中，有时是在夜半梦醒时分。我把那些文字匆匆记录在手机里。写好一首诗后，我习惯于在休息时发在朋友圈。随着收获的点赞和鼓励越来越多，我开始尝试投稿。陆续写下的大量扶贫题材的诗歌曾在《诗刊》《诗选刊》《延河》《中国诗人》《星火》《中原诗刊》《今朝》《鄱阳湖文艺》等刊物上发表，并在多家公众号上推介组诗，受到不少关注，特别是受到基层读者的喜爱，一些描写贫困户的诗歌经常成为朋友们聚会时的讨论话题或朗诵题材。我的个人手抄诗集《我有山野》于2021年5月入选全省脱贫攻坚成果展览，扶贫主题的诗歌两次获得赣州市"我身边的扶贫故事"征文活动一等奖等荣誉。在书写扶贫方面现实题材的诗歌之余，我也尝试着写了一些抒情或哲理诗歌，表达自己对自然万物的热爱，对生活、生命的反思，对真理和美的追求，以及对梦想的努力。

里尔克有言："我们与之搏斗的，何等渺小；与我们搏斗的，大而无形。"对我个人而言，诗歌和文学已成为我生命中不可或缺的一部分。我的作品源于汁液饱满的生活，源于一个个鲜活跳跃的生命，源于对自由人性的追寻。在这几年难忘的扶贫岁月里，我获过"江西省最美扶贫干部"和"省脱贫攻坚先进个人"等荣誉称号，被省扶贫办抽调参加过国家脱贫攻坚省际交叉考核，先后加入赣州市作家协会、江西省作家协会、中国诗歌学会。在诗集整理出版的过程中，我得到很多领导、同事、朋友的指导、鼓励和帮助。在此特别感谢赣州市文联和市作家协会，将我的诗集《流动的村庄与云朵》遴选为赣州市客家摇篮文艺精品创作扶持项目。市作协主席简心，副主席聂迪、封义珑经常关心和支持，多次在《今朝》杂志上推荐刊发。市作协副主席范剑鸣亲自为我的诗集作序，并提出了许多极其宝贵的意见。还有《星火》杂志社主编、作家范晓波（曾是我的高中语文老师），赣州诗人邓诗鸿、林珊、周簌、柯桥、谢帆云、天岩、鱼小玄、骥亮、林长芯等师友给予我诗歌道路上许多的指点和帮助。我还要感谢在我扶贫期间给了我许多温暖和创作灵感的乡村干部和乡亲们，感谢我任职的赣州师范高等专科学校、赣州市卫生健康委以及赣县区和南塘镇党委、政府等各级领导和朋友们的扶持和关心，感谢为这本诗集出版给予帮助的太白文艺出版社和诗人马泽平先生。

黎巴嫩作家纪伯伦说过："诗不是一种表白出来的意见，它是从一个伤口或是一个笑口涌出的一首歌曲。"我的扶贫经历和创作过程告诉我，诗歌是从心灵里流淌出来的，是带有自身体温，带有血肉之魂，带有生命灵性，带有浓郁大自然气息的自然之泉。白居易说："文章合为时而著，歌诗合为事而作。"生活中从不缺少诗意，时代的长河里你我同歌。面对未来，我仍将高举诗歌的火炬，照亮一生前行的路。